**베네치아에서
죽다**

Der Tod in
Venedig

KB077956

토마스 만
박동자 옮김

베네치아에서 죽다

Der Tod in Venedig

토마스 만(1900)

차례

누가 긍정을 두려워하는가

윤아랑(영화 평론가)

결국 여러분이 이 짤막한 소설에서 읽게 될 것은 치열한 긍정의 태도다. 너무나 치열해서 우리에게 괴이해 보일 정도의 긍정 말이다. 물론 다른 것들도 있다. 한 강건한 소설가가 우연한 짝사랑 탓에 완전히 무너지는 과정이, 그리고 그 소설가의 지나치게 예민한 시각(視覺)이 겪는 아찔한 모험이, 저자 스스로의 성적 지향과 고대 그리스 신화에 대한 (당시 모더니스트들이 공유하는) 애착 어린 호모섹슈얼리티의 기류가, 감성과 이성 사이의 긴장에서 창작의 근원을 찾는 토마스 만의 예술관이, 단단하다 못해 딱딱한 문체 사이사이로 피어오르는 데카당한 무드 등이 여기에 포개져 있다. 하지만 단언하건대, 이 겹들의 목적지는 결국 치열한 긍정이다.

긍정이라 해도 주어진 모든 것을 순순히 수긍하고 낙관하는 방식의 긍정은 전혀 아니라서, 우리의 주인공 구스타프 '폰' 아셴바흐는 자기 눈에 들어오는 수많은 것들에 짜증을 느끼고 속으로 불평불만을 토로한다. 차라리 그를 위대한 지성의 소설가 이전에 불평불만의 대가라 해도 좋으리라. 한데

『베네치아에서 죽다』의 배경이 된 베네치아 리도섬의 실제 호텔 풍경.

영화 「베네치아에서 죽다」를 촬영 중인 루키노 비스콘티 감독과

'타치오'로 분한 비에른 안드레센.

아셴바흐는 그저 성격 고약한 늙은이지만은 않은데, 「토니오 크뢰거」부터 『파우스트 박사』에 이르기까지 끈질기게 '예술가'를 자기 소설의 주인공으로 삼아 집요하게 괴롭히던 토마스 만의 성질이 이 『베네치아에서 죽다』에서도 유감없이 드러나기 때문이다. 어떤 괴롭힘? 주인공들의 바람을 철저히 거스르고 짓밟는, 주인공에게서 '주인'됨을 부정하는 괴롭힘. 소설이 시작되기 전부터 이미 지쳐 있던 아셴바흐의 정신은 이러한 만의 괴롭힘 속에서 말 그대로 파멸로 치닫는다. (여담이지만 루키노 비스콘티가 「베네치아에서 죽다」를 영화화한 까닭은 이런 괴롭힘이 작가로서 말년에 접어든 자신의 성질과 공명한다고 느꼈기 때문은 아닐까?)

그렇다면 대체 어떠한 긍정이 여기서 펼쳐지는가? 바로 추(醜)와 파멸에 대한 긍정이다. 단지 그 존재를 인정하거나 '그로테스크'의 맥락에서 긍정하는 것이 아닌, 환희로 가득 찬 긍정. 토마스 만은 오랜 세월 힘겹게 고수해 온 아셴바흐의 세계관이 단 한 번의 짝사랑에 무너짐으로써 점점 변화해 가는 과정을 낱낱이 써 내려가면서 그 모든 인과를 일말의 연민도, 경멸도 없이 긍정할 수 있다고 치열하게 중얼거린다. (그래서 이러한 긍정은 독자로 하여금 기괴함만큼이나 질투심을 느끼게 할지도 모른다.) 아니, 어쩌면 반대로 그런 긍정이 과연 가능한지 가늠해 보고자 이 소설을 쓰기 시작하지는 않았을까? 실존 인물의 전기(傳記)인 양 아셴바흐가 어떤 소설가였는지를 꼼꼼히 설명하는 데에 무려 한 장(章)이 할애됐음을 떠올려 보면, 증명할 길은 없어도 퍽 그럴싸한 가설처럼 느껴진다.

오해를 피하고자 덧붙이건대, 나는 지금 아셴바흐의 (짝)사랑과 긍정을 동일시하고 있지 않다. 물론 (짝)사랑이 없었다면 만/아셴바흐가 추와 파멸을 긍정할 일도 없었을 것이다. 그러나 정확히 말해 이 소설에서 (짝)사랑은 긍정 자체가 아니라 긍정의 대상 중 하나일 뿐, 긍정을 위한 결정적 조건으로 기능하지는 않는다. 요컨대 '사랑해서 긍정하게 된다'라고 할까? 그렇다면 여기서 말하는 긍정이란 대체 무엇을 향한 것이며 어떻게 가능한가? 곧 소설로 넘어갈 여러분을 위해서 지나치게 자세한 이야기는 하지 않는 편이 좋을 성싶다. 그래도 『베네치아에서 죽다』가 무엇보다 아셴바흐의 이야기이며 아셴바흐의 정신이 겪는 모험이라는 사실을 약간의 힌트로 생각하시라. 아셴바흐가 어떠한 정서와 욕망을, 그리고 스스로를 '느끼는지' 따라가다 보면 내가 여태껏 흩뿌린 말들이 비로소 이해될 것이다.

생각해 보면 어떤 대상에 세월을 바치고, 건강을 바치고, 목숨을 바치는 사랑은 사실 환상적이고 아름답기에 앞서 아주 추하고 광기 어린 짓이다. 스스로를 난관에 밀어 넣고 철저히 갈아먹으면서 무언가를 성취하려는 시도가 추하고 광기 어린 짓이 아니라면 무엇이겠는가? 하지만 사랑에 빠진 자는 바로 그렇게 스스로를 구하고 또 긍정한다. 그것이 사랑의 기본적 프로세스다. 무언가를 긍정한다는 것이 기꺼이 책임지겠다는 (양가적) 제스처이기도 함을, 나는 이번에 『베네치아에서 죽다』를 새 판본으로 읽으면서 거듭 확신했다. 다시 처음으로 돌아가서 말하자면, 결국 여러분이 이 짤막한 소설에서 읽게 될 것은 치열한 긍정의 태도다. 너무나 치열해서 우리에게 괴이해 보일 정도의 긍정.

1

구스타프 아셴바흐는 — 아니, 쉰 번째 생일 때부터 불린 공식 칭호에 따르면 구스타프 폰 아셴바흐는 — 우리 대륙에서 여러 달 동안이나 심상치 않은 조짐[1]을 보여 온 19XX년 어느 봄날 오후, 뮌헨의 프린츠레겐텐 가(街)에 있는 자택을 나와서 홀로 꽤 먼 곳까지 산책을 했다. 작가인 그는 오전 몇 시간 동안 상당히 신중하고 주도면밀한 의지, 집요함과 세밀함까지 요구되는 힘겹고 까다로운 작업을 했기에 지나치게 신경이 곤두서 있었다. 그래서인지 점심을 먹고 나서도 자기 안에 내재하는 창작의 추동력, 즉 키케로가 말한 대로라면 달변의 실체가 들어 있는 '정신의 끊임없는 움직임(motus animi continuus)'[2]을 멈춰 세울 수 없었다. 더구나 글을 쓰다가 차츰 기력이 달릴 때면 긴장을 풀고자 이따금 청했던 낮잠도 이

---

1 1차 세계 대전이 발발하기 직전, 유럽의 긴장된 국제 정세를 암시하고 있다.

2 정확히는 키케로의 말이 아니라, 1853년 7월 15일에 귀스타브 플로베르가 루이제 콜레(Louise Colet)에게 보낸 편지에서 인용한 것이다.

룰 수가 없었다. 그래서 차를 마시고 난 뒤에 곧장 야외로 나갔다. 바람을 쐬고 운동을 좀 하면 다시 힘을 얻어서 저녁 시간을 괜찮게 보낼 수 있지 않을까 하는 희망을 품은 채 산책을 나온 것이었다.

때는 5월 초였지만 습하면서도 냉랭한 몇 주가 지나가더니 때아닌 한여름 날씨가 들이닥쳤다. 이제 겨우 연한 나뭇잎들이 돋아났을 뿐인데, 영국 공원의 날씨는 8월처럼 후텁지근했다. 시내와 가까운 곳은 자동차와 산책하는 사람들로 붐비고 있었다. 한적하고 조용한 길로 이끄는 아우마이스터에서 아셴바흐는 인파로 활기를 띤 야외 식당을 잠시 동안 건너다보았다. 식당 주변에 전세 마차와 호화로운 승용 마차 몇 대가 서 있었다. 해가 저물기 시작할 무렵, 그는 거기서부터 탁 트인 들판을 지나 공원 바깥으로 나와서 귀로에 올랐다. 몸이 좀 피곤한 데다 푀링 쪽 하늘 위로 천둥 번개를 동반한 듯한 먹구름이 몰려왔기에, 그는 북부 묘지에서 시내까지 곧장 자신을 데려다줄 전차를 타기로 했다.

우연히 정류장을 발견했으나 그 주위로 사람이라곤 보이지 않았다. 선로만이 쓸쓸하게 빛을 발하며 슈바빙 쪽으로 뻗어 있는 웅어러 가(街)에도, 푀링 방면의 순환 도로에도 도무지 탈것이라곤 보이지 않았다. 팔려고 내놓은 십자가나 비석, 기념비 따위들이 무덤 없는 제2의 공동묘지를 이루는 석물 공장의 울타리 뒤편에도 움직임이라곤 아무것도 없었다. 그리고 영안실 맞은편에 있는 비잔틴 양식의 건물은 정적이 흐르는 가운데 석양빛을 받아서 빛나고 있었다. 그리스풍 십자가와 밝은 색깔의 고대 이집트식 그림으로 장식된 건물의 정면에는 금장 비문이 나란히 배열되어 있었고, 거기엔 내세의 삶에 관한 명구가 적혀 있었다. 가령 '이제 당신은 주님의 성전으로 들어가십니다.'라든지 '영생의 빛이 그들을 인도하기를!' 등과 같은 문구들이었다. 전차를 기다리던 아셴바흐는 그 문구들을 읽으면서 자기 영혼의 눈을 투명하고 신비한 밀교에 몰입시킨 채 몇 분 동안 진정한 마음의 휴식을 얻었다. 꿈꾸는 듯 몽롱한 상태에서 빠져나오다가 그는 옥외 계단 양쪽을 지키는 두 마리의 묵시록적 동물상이 자리한 위쪽 주랑(柱廊) 사이에서 한 남자를 보았다. 그 범상치 않은 사람의 모습 탓에 아셴바흐의 생각은 완전히 다른 방향으로 흘러가게 되었다.

방금 그 사람이 홀의 안쪽에서 청동문을 통해 밖으로 나왔는지, 아니면 미처 못 본 사이에 외부에서 위로 올라갔는지 확신할 수 없었다. 아셴바흐는 그 문제에 특별히 골몰하지 않은 채 첫 번째 가정이 맞으리라고 생각했다. 적당한 키에 깡마른 체구, 수염 없는 얼굴, 유난히 납작한 코를 가진 그 남자의 머리카락은 붉었고 피부는 주근깨 섞인 우윳빛이었다. 그는 바이에른 태생이 아님이 분명했다. 그러니까 그가 쓴 넓고 둥근 차양의 인피(靭皮) 모자만 보더라도 그의 외모는 충분히 이국적이고, 먼 곳에서 온 듯한 인상을 풍겼다. 그렇지만 어깨에는 이 나라에서 흔히 볼 수 있는 배낭을 멨고, 언뜻 보기에 거친 모직으로 만든, 허리에 벨트를 여밀 수 있는 누르스름한 신사복을 입고 있는 것 같았다. 옆구리에 바짝 붙인 왼쪽 팔뚝에는 회색 우의(雨衣)를 걸치고 있었다. 오른손에는 끄트머리에 뾰족한 쇠붙이가 박힌 지팡이를 들었는데, 그것을 바닥에 비스듬히 짚은 채 기대고 서 있었다. 그러고는 다리를 꼰 자세로 지팡이 손잡이에 허리를 받치고 있었다. 게다가 머리를 치켜들고 있어서, 헐렁한 셔츠 위로 삐져나온 깡마른 목덜미에 툭 불거져 나온 목젖이 그대로 드러나 보였다. 빨간 속눈썹이 난 무미건조한 눈으로 그는 먼 곳을 뚫어지게 바라보고 있었다. 그 눈 사이로 두 줄의 깊은 주름살이 수직으로 파여 있었는데, 그의 뭉뚝한 코와 기묘하게 잘 어울렸다. 그래서인지 ——아마 그가 높은 위치에 있었으므로 더욱 그러하게 보였을 테지만—— 그의 태도에는 뭔가를 위압적으로 조망하는 것 같은 인상과 대담함, 열정이 깃들어 있었다. 어쩌면 석양에 눈이 부셔서 얼굴을 찡그렸다든지 습관적으로 표정을 일그러뜨렸을 수도 있었다. 한데 그의 입술은 너무 얇아서, 마치 치아에 완전히 밀려 올라간 듯 잇몸까지 노출되었다.

굳이 말할 것도 없이 그 사이로, 길고 허연 치아가 훤히 드러나 보였다.

아셴바흐는 절반은 얼떨결에, 절반은 호기심으로 그 낯선 남자[3]를 정신없이 쳐다보았다. 그러다가 별안간 그 남자의 시선이 바로 자신을 향하고 있음을 알아차렸다. 아주 호전적으로 똑바로 노려보면서 상대편이 눈을 돌릴 때까지, 한번 해보자는 기세였다. 결국 아셴바흐는 등 뒤로 그 따가운 눈총을 느끼며 힘겹게 돌아서야 했다. 아셴바흐는 바로 그 순간, 더 이상 그 남자에게 신경 쓰지 않겠노라고 결심했다. 그러고는 울타리 길을 따라 걷기 시작했고, 얼마 지나지 않아서 그 남자를 곧 잊어버렸다. 그런데 그 기이한 사람의 모습에서 엿보인 방랑기가 아셴바흐의 공상력을 자극했는지, 아니면 신체적으로

---

3 이 남자에 대한 묘사는, 나그네의 신이며 명부의 안내자이기도 한 헤르메스의 전통적 모습과 그대로 일치한다.

든 정신적으로든 어떤 영향을 끼쳤는지, 정말 놀랍게도 스스로의 내면이 확장된 듯한 기묘한 기분을 느꼈다. 그것은 일종의 정처 없는 마음의 동요나, 젊은 시절에 품었던 미지의 세계에 대한 목마른 갈망 같았다. 너무나 생명력 넘치고 신선하지만 이미 오래전에 떨쳐 버려서 잊힌 감정이었다. 그는 뒷짐 지고 시선을 땅바닥에 고정한 채 그런 느낌의 본질과 목적을 알아내고자 제자리에 붙박인 듯 멈춰 서 있었다.

이를테면 여행을 떠나고 싶은 욕구였다. 더러 어떤 생각은 돌연 떠올라서 열렬해지다가 격정이 되기도 하고, 아예 환각을 일으킬 만큼 고조되기도 한다. 그의 갈망은 차츰 뚜렷해졌다. 작업을 하던 몇 시간 전부터 지금까지, 연신 진정되지 않았던 그의 상상력은 갑자기 힘을 발휘했고, 세상의 온갖 경이로움과 공포를 보여 주는 구체적인 예를 찾아내기에 이르렀다. 그는 어떤 풍경을 보고 있었다. 그것은 매우 흐린 하늘 아래에 펼쳐진 열대의 늪지대였다. 엄청나게 울창하고 습한 밀림의 풍경, 섬과 진창, 더러운 진흙이 이어지고 강의 지류를 따라서 형성된 태곳적 원시 세계의 모습이었다. ——풍요로운 원시림의 기름진 대지를 뚫고 나와서 과감히 꽃을 피운 식물들 사이로 잎이 무성한 종려나무 가지가 여기저기에 솟아 있는 광경이 보였다. 기묘하게 생긴 나무들의 뿌리는 공중에 드러났다가 땅속으로 파고들거나, 녹색 수초들의 그림자가 어른거리는 수면 아래쪽에 잠겨 있기도 했다. 접시만 한 크기의 하얀 우윳빛 꽃들이 떠다니는 사이로, 날갯죽지가 치솟아 오른 낯선 새들이 못생긴 주둥이를 내민 채 얕은 물 가운데 서서 꼼짝도 않고 곁눈질을 해 댔다. 마디진 대나무 숲 사이에는 호랑이가 불꽃 같은 눈빛을 번득이며 웅크리고 앉아 있는 모습이 보였다.──그의 가슴은 놀라움과 야릇한 열망으로 마구 두근거렸다. 이윽고 그의 표정은 부드러워졌다. 아셴바흐는 머리를 한번 흔들고는, 석물 공장 울타리 옆의 산책로를 따라서 다시 걸어갔다.

적어도 교통수단 덕에 세계를 마음대로 누빌 수 있게 된 뒤로, 그는 이러한 이점을 형편껏 누리고 있었다. 하지만 그래 봐야 건강상의 이유로 종종 별 의미 없이 하는, 요양을 위한 여행일 뿐이었다. 그는 스스로와 유럽 정신이 부과한 작업 탓에 너무 바쁜 나머지, 다채로운 외부 세계를 애호하는 사람에게 필요한 잠깐의 휴식마저 다 내팽개치고 창작의 의무에만 매달렸다. 그러다 보니 자기 생활의 영역을 벗어나지 못한 채, 누구나 세상의 표면만을 향유할 수밖에 없다고 생각하며 자족해 왔다. 그렇게 유럽을 떠날 엄두조차 내지 못했다. 게다가 자신의 삶이 서서히 저물어 가고, 예술적 완성을 이루지 못하리라는 두려움이──그가 자기만의 고유한 예술을 미처 완성해 내기도 전에 모든 시간을 허비해 버릴지도 모른다는 우려에서 비롯된 두려움이었다.──엄연한 걱정거리로서 분명해진 이후로는 오로지 마음의 고향인 이 아름다운 도시나 산악 지대에 마련한 소박한 별장에서 지낼 수밖에 없었다. 그는 비오는 여름이면 별장에서 시간을 보내곤 했다.

물론 뒤늦게, 느닷없이 그를 사로잡으려고 한 그 무엇인가는 이성과 젊은 시절부터 단련해 온 자제심으로 곧장 진정시키고 가라앉힐 수 있었다. 그는 시골로 거처를 옮기기 전에, 그동안 몰두해 온 작품을 어느 정도까지는 진척해 놓고자 했다. 사실 몇 달간 창작에서 손을 떼고 무위도식하면서 세계를 돌아다니고 싶은 충동은, 너무나 방종하고 계획에도 어긋나는 발상이라 진지하게 고려해 볼 여지조차 없었다. 그런데 어 떤 이유에서 돌연 그런 유혹이 마음속에서 일었는지는 그 스스로도 너무나 잘 알고 있었다. 그가 인정하는 바에 따르면, 바로 탈출하고자 하는 충동이었다. 미지의 새로움을 동경하며 모든 속박으로부터 벗어나고자 하는 갈망——모든 짐을 덜고 모든 것을 망각하고자 하는 충동——이른바 작품에서, 경직되고 냉혹하며 고통스럽기까지 한 일상의 작업 장소에서 도피하고자 하는 충동이었다. 그렇지만 그는 자기 일을 사랑했다. 강인하고 자부심에 가득 찬 확고부동한 의지와, 점점 더지쳐 가는 생활 사이에서 매일 새롭게 전개되는 소모적인 신경전을 즐기기도 했다. 그러나 아무도 그가 지칠 대로 지쳐 있음을 몰랐다. 작품에서조차 결코 좌절이라든가, 태만의 기미를 보여서는 안 되었기에 그의 지친 심신 상태는 당최 탄로날수 없었다. 그렇다고 생생하게 솟구치는 욕구들을 가혹하게, 깡그리 말소시켜 버리는 일 또한 그리 바람직한 것 같지 않다. 그는 자기 일에 관해서, 어제와 마찬가지로 오늘 또다시손을 놓을 수밖에 없었던 그 부분에 관해서 생각해 보았다. 그부분은 인내심을 가지고 다듬을 수도, 대충 얼버무릴 수도 없었다. 그는 재차 그 부분을 검토해 보고, 막히는 데를 돌파하거나 해결해 보고자 애썼지만 결국 불쾌감에 사로잡혀서 온몸을 떨 뿐이었다. 그런데 여기에 특별한 어려움이 있지는 않았다. 사실 그를 마비시킨 것은, 어떤 불쾌함에서 오는 일종의회의감이었다. 그리고 이것은 더 이상 그 무엇에도 만족할 수없을 듯한 불만감으로 나타났다. 물론 불만감은 젊은 시절의그에게 재능의 본질이자 가장 핵심적인 속성으로 통했더랬다. 그런 점을 염두에 둔 채, 그는 감정을 억제하고 냉정을 유지하곤 했었다. 왜냐하면 감정이란 즐거운 우연, 심지어 대충 마무리된 일에도 만족해 버리는 경향이 있음을 알았기 때문이다. 그런데 이제야 그토록 억압당해 온 감정이 그를 저버리고 예술의 가능성마저 차단해 버린 채, 형식과 표현에 대한 욕구와 열망까지 앗아 가면서 복수하려는 것일까? 그래도 그는 이제껏 나쁜 작품을 만들어 내지 않았는데. 이 점만큼은 그가 매 순간 태연하게 스스로의 대가다운 기량을 자부하는 연륜의 결실이기도 했다. 하지만 온 나라의 존경을 받는 동안에도 그는 자신의 대가다운 기량에 대해 기쁨을 느낄 수 없었다. 자기 작품에는 열렬한 유희적 흥취가 결여된 듯 느껴졌다. 기쁨의 산물이자 내면에 숨겨진 깊은 진실을 넘어서는 어떤 것, 그 무엇보다 중요하면서 세상의 삶을 향유하는 환희를 가져다주는 그런 것 말이다. 그는 외떨어진 시골에서 요리해 주는 하녀와 식사를 차려 주는 하인만을 데리고 혼자 여름을 보내야 한다고 생각하니 두려웠다. 게다가 매일같이 산꼭대기와 암벽을 바라봐야 하는 일도 두려웠다. 그러면 또다시 불만족한 상태로, 지체된 자신의 작업에 둘러싸이고 말 터였다. 그러므로 어떤 활력소가 필요했다. 순간순간의 즐거움과 느긋한 여유, 이국의 바람과 새로운 피를 솟구치게 해 줄 무언가가 절실했다. 그러기만 하면 여름을 그럭저럭 유익하게 견뎌 낼 수 있으리라. 그래, 여행을 떠나는 것이었다. ── 여행이면 충분했다, 호랑이가 어슬렁거리는 머나먼 나라까지는 아니더라도. 침대차에서 하룻밤을 보내고, 멋진 남국의 어느 평범한 휴양지에서 서너 주 동안, 하루에 한 시간씩 낮잠을 즐기며 지낸다면……

그가 생각에 잠긴 사이, 웅어러 가 방향에서 전차가 점점

다가오는 소리가 들려왔다. 그는 전차에 오르면서 밤에는 지도와 차편을 알아봐야겠다고 마음먹었다. 승강대에 올라서자, 문득 여행을 충돌질한 길동무라도 되는 양 인피 모자를 쓴 남자를 찾아봐야겠다고 생각했다. 하지만 그 사람이 어디에 있는지는 도무지 알 수 없었다. 방금 전에 서 있던 자리에서도, 거기서 좀 떨어진 정류장에서도, 전차에서도 그의 모습을 찾아볼 수 없었다.

2

프로이센의 프리드리히 대왕의 삶에 관해서 명료하고도 힘찬 산문 서사시를 쓴 작가. 오랜 세월 동안 성실하게 갖가지 인물의 다양한 운명을 하나의 이념의 음영 속에, 즉 『마야』라는 제목의 소설 속에 집약적으로 구현해 낸 끈기 있는 예술가. 「가련한 사람」을 통해 감사할 줄 아는 젊은이들에게 심오한 인식 저편에 내재한 단호한 도덕성의 가능성을 보여 준 영향력 있는 단편 소설 작가. 그리고 마지막으로(이 작품으로 자신의 성숙기를 간명하게 제시하였다.) 「정신과 예술」이라는 열정적 논문의 저술가.(비평가들은 이 논문의 논리 전개 능력과 유창한 서술 방식의 논박을 실러의 「소박 문학과 감상 문학에 대하여」에 견줄 만하다고 평했다.) —— 구스타프 아셴바흐는 슐레지엔 지방의 군청 소재지 L시에서 고위 법관의 아들로 태어났다. 그의 조상들은 장교, 판사, 행정 관리 등을 지냈는데, 왕과 나라를 위해 봉사하면서 엄격하고 단정하며 검약한 삶을 살았다. 이러한 가문의 성실한 정신력은 한때 목사인 조상이 등장함으로써 실현되었다. 반면 성마르고 육욕적인 핏줄은 직전 세대에, 아셴바

21

흐의 어머니, 그러니까 보헤미안적 기질을 지닌 악사의 딸을 통해서 집안에 전해졌다. 그의 작품에 나타나는 이방인의 특질은 바로 어머니로부터 유래했다. 소임을 존중하는 명철한 성실성과 어둡고 열정적인 충동이 결합하여 한 존재를, 이 특별한 예술가를 탄생시켰던 것이다.

그는 오로지 명성을 추구하였기에, 사실 조숙하지는 않았지만 명백히 개성적이었던 덕분에, 진작부터 능숙하게 처세할 줄 알았다. 그는 고등학교를 채 마치기도 전에 명성을 얻었다. 십 년 뒤엔 자기 책상에 앉아서 세상을 향해 품위 있게 행동하고, 명성을 관리하는 법까지 익혔다. 또 (성공한 데다 신뢰할 만한 작가인 그에게 많은 요구들이 들이닥쳤으므로) 짧은 편지글에서조차 호의를 보여 주고, 스스로를 중요한 사람으로 만드는 법을 배웠다. 작업이 너무 고되고 그 기복마저 심해서 지칠 대로 지친 사십 대에 이르자, 이제 그는 매일같이 세계 각지의 우표가 붙은 우편물을 감당해 내야만 했다.

그의 재능은 특이한 것과는 거리가 멀었고, 그렇다고 진부하지도 않았다. 오히려 그 때문에 폭넓은 대중에게 믿음을 얻었고, 동시에 까다로운 사람들에게마저 경탄과 요구가 뒤섞인 관심을 살 수 있었다. 이미 젊은 시절부터 사방에서 업적을(그것도 특출한 업적을) 기대했기에 그는 단 한 번도 빈둥대거나, 아무런 염려 없이 방종하게 보낸 적이 없었다. 서른다섯 살이 되던 해에 그는 빈에서 크게 앓았다. 그때 그를 주의 깊게 지켜보던 한 남자는 여러 사람이 모인 자리에서 이렇게 말한 적이 있었다. "여러분. 아셴바흐는 예전부터 이렇게만 살아온 겁니다."──그러면서 그 남자는 왼손의 다섯 손가락을 오므리더니 주먹을 단단히 쥐어 보였다.──"단 한 번도 이렇

게 지낸 적이 없습니다."——그러고는 왼손을 펼치더니 안락
의자의 등받이로부터 편안하게 늘어뜨려 보였다. 맞는 말이
었다. 그가 결연히 도덕적일 수 있었던 까닭은, 그의 체질이
전혀 강건하지 못함에도 불구하고 항상 긴장해 있어야 한다
는 소명감을 느꼈기 때문이었다. 즉 원래부터 그렇게 타고난
것은 아니었다.

소년 시절, 그는 의사의 보살핌을 받아야 했기에 학교를
그만두고 집에서 가정 교육을 받아야만 했다. 친구도 없이 홀
로 성장했지만, 그는 차차 자기가 어떤 족속에 속해 있음을 알
아차리지 않을 수 없었다. 그 족속의 특이점은 재능의 결여가
아니라, 재능을 발휘하는 데에 필요한 체력의 부족이었다. 초
년에 곧잘 최고의 성과를 거둘 수 있어도 노년에 이르기까지
내내 역량을 발휘하는 경우는 드물었다. 하지만 그는 '끝까지
견뎌라!'라는 말을 좋아했다.——프리드리히 대왕을 다룬 그
의 소설 역시 이러한 신조를 신격화해 낸 것이었으며, 그에게
는 이 명령 자체가 고통 속에 자리한 창작의 미덕으로 여겨졌
다. 또한 그는 어서 늙기를 고대했다. 왜냐하면 예전부터 진정
위대하고 총체적이면서 존경할 만한 예술가적 재능은, 인생
의 모든 단계들로부터 독자적인 결실을 거두는 천복을 입어
야만 빛날 수 있노라고 믿어 왔기 때문이다.

그러므로 그가 재능 덕분에 떠맡은 임무들을 그 가냘픈
어깨에 짊어지고 계속 자기 길을 나아가려면 극도의 엄격한
규율이 필요했다. 그런데 다행스럽게도 규율이란 그가 아버
지 혈통으로부터 물려받은 타고난 유산이었다. 나이 마흔이
되고, 쉰이 되어 다른 사람들이라면 자만심에 가득 차서 시
간을 낭비하고 몽상에 도취되고 거대한 구상의 실현을 유유

히 미루는 시기에도, 그는 찬물을 가슴과 등에 끼었으며 정해진 시각에 맞춰 하루 일과를 시작했다. 그러고는 머리맡 은촛대에 한 쌍의 기다란 초를 밝혀 놓고서, 수면을 통해 비축해 둔 힘을, 열정과 양심이 함께하는 오전 두세 시간 동안에 예술한테 아낌없이 바쳤다. 잘 모르는 사람들이 그의 작품 『마야』의 세계를, 또는 프리드리히 대왕[4]의 영웅적 삶을 그려 낸 대서사시를 넘치는 힘과 끈질긴 근성의 산물이라고 간주한다면 그나마 용서할 수 있었다. 사실 그 작품들이야말로 그의 도덕적 승리의 전리품이었다. 솔직히 그 작품들은 수백 가지의 영감들을 매일매일 조금씩 세공(細工)해서 장려하게 층층이 쌓아 낸 결과였으며, 바로 그 때문에 그토록 속속들이, 작품의 어느 부분이든 탁월할 수 있었다. 즉, 이 작품들의 창조자는 고향을 정복할 때의 프리드리히 대왕이 보여 준 집념을 발휘해, 여러 해 동안 동일한 긴장을 견뎌 내면서 작품을 만들어 내는 데에 그의 가장 원기 왕성한, 가장 가치 있는 아침 시간들을 모조리 투자했던 것이다.

어떤 중요한 정신적 작품이 즉각적으로 폭넓고 깊이 있는 영향력을 발휘하려면 작가 개인의 운명과, 동시대인들의 일반적 운명 사이에 은밀한 유사성, 혹은 일치점이 있어야 한다. 사람들은 자기들이 왜 예술 작품에 명성을 부여하는지 그 이유를 알지 못한다. 그들은 전문적 식견과 완전히 동떨어진 채, 많은 대중의 관심을 얻은 작품이라면 당연히 수많은 장점들을 가지고 있으리라고 믿는다. 하지만 그들이 찬사를 보내는 진정한 이유는 눈금으로 잴 수 없는 어떤 것, 바로 공감 때문

4 슐레지엔 전쟁을 이끈 프로이센의 프리드리히 2세를 가리킨다.

이다. 아셴바흐는 언젠가 그리 눈에 띄지 않는 대목에서 이 점에 대해 직접 언급한 적이 있었다. 현존하는 거의 모든 위대한 것은 '그럼에도 불구하고'로서 존재한다. 근심과 고통, 가난과 고독, 신체의 허약함과 악덕, 열정과 수많은 장애가 '있음에도 불구하고' 성취된 것이다. 그런데 이 주장은 단순한 소견의 차원을 넘어선 체험이었고, 말하자면 그의 삶과 명성을 대변하는 공식이자 그의 작품을 이해하기 위한 열쇠였다. 그러니 이 말이 곧 작가 특유의 인물들이 지닌 도덕적 특성이 되고, 그 인물들의 외형적 행동이 되더라도 전혀 이상하지 않았다.

작가가 선호하고, 다양한 개성으로 매 작품마다 거듭 새롭게 등장하는 그의 전형적 주인공에 관해서는 이미 어느 현명한 비평가가 '몸에 칼과 창이 꽂혀 들어오는 치욕적 순간에도 이를 악물고 의연히, 그리고 묵묵히 서 있는 지성적이고 젊은이다운 '기상'을 지녔다고 분석한 바 있었다. 그것은 재치와 정확성을 갖춘 아름다운 비평이었으나, 언뜻 수동성을 지나치게 강조한 것 같았다. 이렇게 말할 수 있는 까닭은 운명을 대하는 정신적 자세, 즉 고통스러운 상황에서 품위를 지키는 일이 단순히 인내만을 뜻하지는 않기 때문이다. 그런 태도는 일종의 능동적 업적이요, 긍정적 승리다. 가령 성 세바스티아누스의 모습을 보노라면, 예술 전체는 아니더라도 현재 우리가 향유하는 예술 작품 중에서 확실히 가장 아름다운 상징이라 여겨진다. 우리는 이 작품에서 내면의 공허와 신체의 탈진 상태를 마지막 순간까지, 세상 사람들이 눈치챌 수 없도록 숨기는 우아한 자기 통제와 극기를 발견할 수 있다. 그것은 사그라져 가는 정욕을 순수한 불꽃으로 활활 타오르게 하고, 그리하여 미의 왕국의 지배자로서 발돋움하게 하는, 파리하고도 비감성적인 추악함이다. 또 심연에서 작열하는 정신으로부터 힘을 빌려 온, 십자가의 발치에 모인 오만한 군중을 자기 발밑에 꿇어앉힐 수 있는 창백한 무기력함이며, 공허한 줄 알면서도 엄격하게 형식을 섬기는 우아한 자세다. 게다가 타고난 사기꾼의 그릇되고도 위험천만한 삶이며, 급속히 신경을 소모시키는 동경이고, 기만적인 예술이다. 이 모든 운명과의 유사성들을 살펴보노라면, 도대체 유약한 영웅주의 말고 또 다른 영웅주의가 있기나 한지 의심스러워질 터다. 하지만 어떤 영웅적 태도가 이보다 더 이 시대에 맞을 수 있을까? 구스타프 아셴바흐는 거의 탈진 상태로 일하는 모든 사람들, 과중한 부담에 허덕이고 이미 녹초가 되어 버린 사람들, 그래도 여전히 스스로를 꼿꼿이 지탱해 내는 사람들, 신체는 허약하고 경제적으로도 넉넉하지 못하지만 초인적 의지와 현명한 자기 관리로 최소한 얼마 동안이나마 위대한 영향력을 발휘한, 모든 업적주의 도덕가들의 시인이었다. 그런 도덕가들은 차고 넘쳤으며, 그들이야말로 이 시대의 영웅들이었다. 그래서 그들 모두는 아셴바흐의 작품 속에서 스스로를 재발견했고, 또 그 속에서 인정받고, 고양되고, 예찬됨을 알았다. 그러므로 그에게 감사했고, 그의 이름을 널리 알리는 데에 앞장섰다.

그는 젊었을 적에 자기 시대에 맞춰 세련되게 행동하지 못했고, 시대의 흐름에 잘못 휩쓸려서 공적으로 좌절을 겪기도 했으며, 실수 탓에 창피를 당하기도 했고, 발언이나 작품 속에서 예절과 분별에 어긋나는 잘못을 범하기도 했다. 그러나 품위만큼은 이미 획득해 놓았으니, 그의 평소 주장에 의하면, 모든 위대한 재능에는 품위를 향한 자연스러운 갈망과 욕구가 본디 내재되어 있다는 것이었다. 요컨대 그의 모든 작가적 발전이란, 회의와 반어라는 온갖 장애물을 뛰어넘어서 품위를 향해 의식적으로, 그리고 반항적으로 기어오르는 상승의 도정이라고 할 수 있었다.

정신적 자유 속에서 생생하고도 구체적인 인물을 형상화하면 시민층 대중의 취향은 만족시킬 수 있다. 그러나 정열에 넘쳐서 절대성을 추구하는 젊은이들은 오직 문제성을 통해서만 사로잡을 수 있다. 그런데 아셴바흐는 문제성을 지닌 작가였고, 그 어느 젊은이보다 절대성을 추구했다. 그는 정신에 헌신한 나머지 지나칠 정도로 인식만을 파고들었는데, 실질적 성과는 도외시한 채 비밀을 누설하고 재능을 의심하고 예술을 배반했다.——그의 작품들이 그것을 진정으로 향유하는 독자들을 즐겁게 하고, 고양시켜서 활기를 불어넣어 주었음은 사실이었다. 과연 젊은 예술가 시절의 그는 예술과 예술가 기질 자체에 내재한 의심스러운 본성에 대해 냉소주의적 태도를 보임으로써 이십 대의 청년들을 흥분시켰다.

고귀하고 유능한 정신이 가장 급격하고도 철저하게 무감각해지는 까닭은 아마 인식의 예리하고도 신랄한 자극 때문이리라. 그리고 우울할 정도로 너무나 양심적인 청년기의 철저성은, 대가가 된 장년의 심사숙고한 결의와 비교해 보자면 확실히 천박했다. 나이 든 대가는, 의지와 행위, 감정과 열정을 조금이라도 마비시키거나 기를 꺾고 모욕하지 않는 지식이라면, 단연코 대수롭지 않게 여기며 부정하고 고개를 치켜든 채 그냥 지나쳐 버렸다. 「가련한 사람」이라는 저 유명한 소설은 그 시대의 음란한 심리주의에 대한 역겨움의 분출로밖에는 달리 해석될 수 없다. 무기력과 패덕 때문에, 그리고 윤리적 불신 때문에 자기 아내를 애송이의 품속으로 떠다

밀고, 마음속 깊숙이 비열한 행동을 저질러도 괜찮다고 믿으면서 스스로의 유별난 운명을 만들어 가는 저 나약하고 어리석은 건달은, 바로 이러한 역겨움의 폭발로서 형상화된 인물이다. 이 작품에서 타락을 비난하는 강경한 언어는, 모든 도덕적 회의로부터의 결별, 죄의 구렁텅이에 대한 모든 공감으로부터의 결별을 예고한다. 또 모든 것을 이해함은 모든 것을 용서한다, 라는 동정적 문구가 지니는 적당주의를 거부하고 있었다. 그리고 여기서 예비되었던 것, 실은 벌써 실행되었던 것은 '다시 태어난 자유분방성의 기적'이었다. 이 점에 대해서는 얼마 후에 이뤄진 한 인터뷰에서 분명히, 그리고 비밀스러운 강조와 함께 언급되었다. 정말 묘한 연관성이 아닌가! 사람들 역시 바로 같은 시점에, 그의 미의식이 지나칠 정도로 강화되었다고, 형식을 창조함에 있어서도 고귀한 순수성과 단순성과 균형미가 심화되어 이제 고전적 명작의 직관적 면모를 띠게 되었다고 평가했는데, 아마도 이러한 '다시 태어남', 이 새로운 품위와 엄격성이 정신적으로 작용한 결과는 아니었을까? 그러나 지식의 피안에 있는 결연한 도덕성, 인식을 해체시키고 가로막고 외면하는 도덕적 단호함이야말로 더욱 세계와 영혼을 단순화하고 도덕적으로 획일화해서 오히려 사악한 것, 금지된 것, 비도덕적인 것으로 향하는 문을 더 크게 열어 주지는 않을까? 그러니까 형식은 두 얼굴을 지니고 있지 않을까? 형식은 도덕적이면서 부도덕한 것이 아닐까? 자기 훈육의 결과와 표현으로서의 형식은 도덕적이다. 그러나 형식은 원래부터 도덕적 냉담성을 내포하고 있으므로, 그 본성 탓에 자신의 오만하고도 무제한적 지배 아래 도덕을 굴복시키고자 애쓰는 형식이라면 비도덕적일 뿐만 아니라 반도덕적이기까지 한 것은 아닐까?

어쨌든! 한 인간의 발전은 일종의 운명이다. 그런데 폭넓은 공중(公衆)의 관심과 대중의 신뢰를 동반한 발전은, 왜 명성의 찬연함과 그것에 뒤따르는 책무 없이 이뤄지는 발전과 다른 궤적을 그려서는 안 된다는 말인가? 위대한 재능을 가진 누군가가 방종한 인형의 신분에서 벗어나 정신의 위엄을 분명히 인식하는 데 익숙해지고, 당혹스럽고도 괴로운 고뇌이자 자기 분투로 충만해지고, 사람들 가운데서 권력과 명예를 가져다주는 고독의 예의범절을 갖추려 한다면, 영원한 방랑자 기질을 지닌 인간은 그것을 지루하게 여기고 비웃으리라. 재능을 일궈 가는 데에는 얼마나 많은 유희와 반항과 즐거움이 있어야 하는가! 시간이 흐름에 따라, 구스타프 아셴바흐의 글에서는 다소 공적이며 교육적인 요소가 나타나기 시작했다. 그의 문체는 후기에 이르러서 직접적인 대담성과 미묘하고도 혁신적인 음영들을 잃어버렸다. 그 대신 모범적이고 확고하고 갈고닦은 전통적 문체, 보존적 문체, 형식적 문체, 심지어 상투적 문체로까지 변해 갔다. 그리고 루이 14세가 그러했다고 전해지듯이, 이제 노년에 접어든 아셴바흐는 자신의 어법에서 모든 천박한 단어를 추방해 버렸다. 그 무렵 교육 당국은 그의 작품 중 일부를 선정해서 지정 교과서에 게재하기도 했다. 그가 내심 바라던 일이었다. 또한 그는, 이제 막 즉위한 독일의 어느 군주가 '프리드리히 소설'의 작가이자 쉰 번째 생일을 맞이한 그에게 귀족의 칭호를 수여했을 때 굳이 거절하지 않았다.

불안정한 몇 년, 시험 삼아 여기저기 떠돌던 시기를 보내고 나서 그는 일찍이 뮌헨에 정착하기로 결심했다. 그리고 정신적인 사람에게 아주 예외적으로 주어지는 명예로운 시민 계급으로서 살았다. 아직 젊었을 적에 학자 집안의 여성과 함께했던 결혼 생활은 찰나 같은 행복을 누리기도 전에 아내의 죽음으로 끝나고 말았다. 그에게는 이미 시집간 딸 하나가 있을 뿐, 아들은 없었다.

구스타프 폰 아셴바흐는 중키가 좀 못 되고 연갈색 피부를 지녔으며, 면도를 깔끔하게 하는 사람이었다. 거의 아담하다고 할 수 있는 체구에 비하면 머리가 다소 지나치다 싶을 정도로 큰 편이었다. 뒤쪽으로 빗어 넘긴 머리카락의 정수리 근처는 이미 성깃했고, 관자놀이께는 숱이 많지만 제법 세어 있었다. 머리카락에 감싸인 훤칠한 이마는 깊이 주름져서 마치 흉터 난 듯 보였다. 테두리 없는 안경알을 끼운 금테 안경의 코걸이는 고귀하게 휜 뭉툭한 코의 윗부분에 꼭 끼어 있었다. 커다란 입은 자주 축 늘어졌다가, 때로 갑작스럽게 오그라들어서 팽팽해지기도 했다. 뺨 부분은 야위어 주름이 파여 있었고, 잘생긴 턱은 부드럽게 둘로 나뉘어 있었다. 중대한 운명의 순간들이 고뇌에 찬 듯 옆으로 기울어진 고개 위를 무심코 지나쳐 간 양 보였다. 보통의 경우에 이와 같은 관상을 가지려면 험하고 파란 많은 인생이 선행되어야 하겠지만, 그는 예술 탓에 그러한 인상을 얻었던 것이다. 이 이마의 바로 뒤에서, 볼테르와 국왕이 전쟁을 두고 나눈 이야기 같은 재기와 번득이는 응답들이 생겨났다. 안경알 너머로 그윽이 바라보는 피곤한 듯한 두 눈은 7년 전쟁 당시의 야전 병원을, 피비린내 나는 지옥의 광경을 목도한 것 같았다. 개인적인 면에서 예술은 정녕 고양된 삶이다. 예술은 더 깊은 행복을 주었다가 훨씬 빨리 소모시킨다. 예술은 자기 신하들의 얼굴에다 정신이 상상했던 모험들의 흔적을 각인시킨다. 그래서 예술은, 외적 생활이 비록 수도원에서처럼 고요하더라도, 결국에는 몹시 무절제하고, 격정과 향락에 푹 빠진 삶조차 도저히 불러일으키지 못하는 신경과민, 악습, 피로와 호기심을 배태하고 만다.

3

아셴바흐는 여행을 떠나고자 결심한 산책을 마치고 나서도 세속적이고, 문학과 관련한 여러 일들 때문에 거의 두 주 동안이나 더 뮌헨에 머물러야 했다. 마침내 그는 사 주 이내에 들어갈 수 있도록 자기 별장을 수리해 달라고 부탁했다. 그리고 5월 하순 무렵 어느 날, 야간 기차를 타고 트리에스테로 여행을 떠났다. 그는 거기서 딱 하루만 머무르고 바로 그다음 날 아침에 풀라로 향하는 배에 몸을 실었다.

그는 모든 일상에서 벗어난 좀 색다른 뭔가를 찾고자 했고, 그 목적을 쉽게 달성할 수 있으리라고 생각했다. 그래서 그는 몇 년 전부터 유명해진 아드리아해의 어떤 섬에서 머물기로 했다. 이스트리아 해안에서 멀지 않은 그곳엔 색색의 누더기를 걸치고 전혀 알아들을 수 없는 낯선 말로 이야기하는 원주민들이 살고 있었다. 바위 절벽의 일부가 아름답게 갈라진 틈으로 탁 트인 바다가 훤히 내다보였다. 하지만 비와 무거운 공기, 소시민적이고 폐쇄적인 오스트리아계 호텔의 사교계만 있을 뿐, 바다와 조용하고 내밀하게 교감할 수 있는 부드러운 모래사장마저 없었으므로 그는 도무지 만족할 수 없었다. 아직도 어디로 가야 할지 확실하지 않았기에 내면의 어떤 충동은 그의 마음을 불안하게 했다. 따라서 그는 배편을 궁리하면서 무언가를 찾는 듯 사방을 두리번거렸다. 그러다가 불현듯, 정말 뜻밖인 동시에 자명한 귀결로서 그의 눈앞에 목적지가 떠올랐다. 하룻밤 사이에 달리 비할 바 없이, 동화처럼 환상적인 일탈(逸脫)을 이룩하려면 어디로 가야 하는가? 답은 분명하다. 여기서 무얼 한단 말인가? 그는 길을 잘못 들었다. 그는 애당초 그곳으로 여행하고 싶었던 것이다. 그는 지체하지 않고 자신의 실수를 만회하고자 했다. 그 섬에 도착한 지 일주일하고도 한 주의 반이 지난 어느 안개 낀 새벽에, 한 척의 빠른 모터보트가 그와 그의 짐을 다시 바다 건너 군항으로 실어다 주었다. 그는 잠깐 육지에 내렸다가 곧장 가교를 건너서 증기를 뿜어 대며 베네치아를 향해 떠날 준비를 하는, 어느 기선의 축축한 갑판 위로 올라갔다.

이탈리아 국적의 아주 오래된 선박이었는데, 낡은 데다 거무튀튀하게 그을리고 우중충했다. 아셴바흐는 배에 오르자마자 꾀죄죄하고 등이 굽은 선원 하나가 예의를 차린답시고 야비하게 미소를 띠며 연신 권하기에 배의 안쪽으로 들어갔다. 인공 조명이 달린, 동굴 속 같은 선실에는 이마에다가 모자를 비스듬히 걸쳐 쓰고 입 가장자리에 담배꽁초를 문, 염소수염을 기른 남자 하나가 마치 구식 곡마단의 단장 같은 인상을 하고서 책상 뒤쪽에 앉아 있었다. 그는 약간 얼굴을 찡그리고 경망스럽고 사무적인 태도로 여행객들의 신상을 기록한 뒤 승차권을 발급했다. 그 남자는 "베네치아행!" 하고 팔을 쭉 뻗어서 비스듬히 기울인 잉크병 안의 뻑뻑한 잉크 찌꺼기에

다가 펜을 꽂았다. 그러고는 아셴바흐가 주문한 말을 그대로 복창했다. "베네치아행 1등석! 금방 처리해 드리겠습니다, 선생님!" 그런 다음 그는 못난 글씨를 커다랗게 갈겨쓰고는 거기 위에다가 조그만 상자 하나를 흔들어 댔다. 파란 모래가 떨어져 내렸고 다시 그 모래를 어떤 사기 그릇 속으로 털어 냈다. 이어서 누렇고 뼈마디가 굵은 손가락으로 종이를 접고는 그 위에 거듭 글씨를 썼다. "여행 목적지를 정말 잘 선택하셨습니다!" 하고 그 남자는 그사이에도 수다를 떨어 댔다. "아, 베네치아라! 정말 멋진 도시죠! 현재의 매력으로 보나 과거의 역사로 보나 교양인에게는 거부할 수 없는 매력을 발산하는 도시지요." 거침없이 빠른 동작과 거기에 덧붙은 공허한 잡담은 어딘가 사람을 얼떨떨하게 하고, 정신을 흩트려 놓았다. 이를테면 그 남자는, 마치 베네치아로 향하는 이 여행객의 결심이 흔들리지나 않을까, 염려하고 있는 듯했다. 그는 급히 돈을 받아서, 도박장 종업원처럼 노련한 동작으로 얼룩무늬 테이블보 위에 떨어트렸다. "즐거운 시간 보내십시오, 선생님!" 하고 그는 배우처럼 허리를 굽히면서 말했다. "여러분들을 모시게 되어서 영광입니다!" 하고 그는 즉각 팔을 쳐들면서 외쳤다. 그러고는 발권을 기다리는 사람이 아무도 없음에도 불구하고, 마치 문전성시인 양 행동했다. 아셴바흐는 갑판으로 되돌아갔다.

그는 한쪽 팔을 난간에 기댄 채, 배가 떠나는 광경을 지켜보려고 부둣가를 거니는 무리들과, 뱃전에 서 있는 승객들을 관찰하고 있었다. 이등석 승객들은 남자고 여자고 할 것 없이 뱃머리 갑판 위에 앉아 있었는데, 저마다 화물 상자와 보따리를 깔개로 이용하고 있었다. 제1갑판에는 젊은이들로 이뤄진

단체 여행객들이 있었다. 보아하니 폴라의 어느 상점 종업원들이었는데, 이탈리아로 소풍을 간다고 들떠 있었다. 그들은 서로 자기 계획에 대해서 적잖이 야단법석을 떨며 잡담하거나 웃고, 흡족한 듯 흥겨운 몸짓을 하고 있었다. 그들은 난간 너머로 몸을 굽힌 채, 팔에 서류 가방을 끼고 일하러 부둣길을 걸어가는, 휴가를 떠나는 자기들을 향해 부러움을 담아 위협하는 동료들을 열심히 놀려 댔다. 지나치게 유행을 따라 재단한 연노란색 여름 양복을 입고, 빨간색 넥타이에다 대담하게 위쪽으로 휜 파나마모자를 쓴 한 사람은 새된 목소리로, 다른 사람들보다 유달리 유쾌하게 큰 소리를 질러 댔다. 그런데 아셴바흐는 그를 좀 더 자세히 살펴본 순간, 젊은이가 아님을 깨닫고 깜짝 놀랐다. 그 사람은 늙은이였다. 의심의 여지가 없었다. 그의 눈과 입 주위에는 주름이 덮여 있었다. 뺨에 나타난 엷은 홍조는 화장이었고, 알록달록한 테두리를 휘감은 파나마모자 아래의 갈색 머리카락은 가발인 데다 목덜미는 흐물흐물했고, 힘줄까지 불거져 나와 있었다. 바짝 치켜세운 콧수염과 턱수염은 염색을 했고, 웃을 때 보이는 누르스름하고 결이 고른 치아는 싸구려 의치였다. 양쪽 집게손가락에 인장 반지를 낀 두 손은 틀림없는 늙은이의 손이었다. 아셴바흐는 오싹한 기분으로 그 남자를, 그리고 친구들과 함께 떠들어 대는 그 남자의 몰골을 바라보았다. 그들은 그 사람이 늙은이인 데다 멋을 잔뜩 부린, 젊은이들이나 걸치는 현란한 옷을 부당하게 차려입고, 주제넘게 자기들의 동료인 척하고 있음을 깨닫지도, 눈치채지도 못하고 있는 것일까? 아무래도 그들은 아주 자연스럽고 익숙하게 그 늙은이를 자기들 가운데 머무르도록 하고, 자기네와 동류로 대하면서 옆구리를 쿡쿡 찌르는 그의 짓궂은 장난에도 아무런 거부감 없이 응대하고 있는 것 같았다. 도대체 어떻게 된 일일까? 아셴바흐는 손으로 자기 이마를 짚고, 잠을 못 자서 화끈거리는 눈을 감았다. 모든 것이 평소와 아주 다른 듯했다. 세상이 기이하게 왜곡되고, 꿈같은 낯선 느낌마저 들기 시작하는 것 같았다. 얼굴을 좀 어둡게 가리고서 새로이 주위를 둘러보면 그런 느낌이 사라질 것 같기도 했다. 하지만 바로 그 순간, 헤엄칠 때 둥둥 떠다니는 감각이 그를 울렁거리게 했다. 까닭도 모른 채 놀라서 고개를 들고 쳐다본 다음에야, 그는 육중하고 우중충한 선체가 서서히 부두를 빠져나가고 있음을 알아챘다. 배의 기관이 앞뒤로 움직이는 가운데, 차츰 부둣가와 배 사이로 지저분하게 아른거리는 물결 띠가 퍼져 나갔다. 배는 더디게 진로를 변경하더니, 이물의 돛대를 탁 트인 바다 쪽으로 돌렸다. 아셴바흐는 우현 쪽으로 건너갔다. 등이 굽은 선원은 거기에 그를 위해 접이식 의자를 펴 주었고, 얼룩무늬 연미복을 입은 종업원은 혹시 시킬 일이 있는지 물어보았다.

하늘은 잿빛이고, 바람은 습기를 머금고 있었다. 항구와 섬은 등 뒤로 멀어지고, 육지의 모든 것이 안개 낀 시야로부터 급속히 사라져 갔다. 물기를 빨아들인 석탄 분진 덩어리들이 물청소를 한 갑판 위로 떨어졌다. 갑판은 쉽게 마를 것 같지 않았다. 한 시간 뒤에 갑판은 포장되어 있었는데, 비가 내리기 시작했기 때문이었다.

여행자는 외투를 휘감고, 책을 무릎 위에 올려 둔 채 쉬고 있었다. 그가 의식하지 못하는 사이에 오랜 시간이 흘러갔다. 비는 어느새 그쳤고, 갑판의 아마포 포장도 걷히고 있었다. 완벽한 수평선이 보였다. 흐린 천공(天空) 아래쪽 사방으로 황량한 바다의 거대한 수면이 주욱 뻗어 있었다. 아무런 경계가 없는 텅 빈 공간에서 우리는 시간 감각을 상실한다. 우리는 그 측량할 수 없는 상태에서, 몽롱한 의식 속에 빠지고 만다. 그림자처럼 어른거리는 이상한 형상들, 늙은 멋쟁이, 선실 안의 염소수염 남성 따위가 불분명한 동작을 취한 채, 꿈속에서처럼 혼란스러운 말을 지껄이며 휴식을 취하는 사람의 정신 속으로 침투해 들어가고 있었다. 마침내 그는 잠이 들었다.

그는 정오에 간단히 점심 식사를 하려고 복도 비슷하게 생긴 식당으로 안내받았는데, 선실 안쪽의 침실 문과 연결된 곳이었다. 그가 식사를 하는 기다란 식탁의 맞은편 끄트머리 쪽에서, 그 늙은이를 포함한 상점 종업원들이 쾌활한 선장과 함께 낮 10시부터 술을 마시고 있었다. 음식이 보잘것없어서 그는 서둘러 식사를 끝냈다. 그는 바깥으로 나가고 싶었다. 혹시 베네치아에 이르면 날이 맑게 갤까 해서, 얼른 하늘을 확인하고 싶었다.

그는 꼭 맑아야 한다고밖에는 다른 생각을 하지 않았다. 왜냐하면 베네치아는 언제나 찬연히 빛나는 가운데 그를 맞이했던 것이다. 그러나 하늘과 바다는 납처럼 흐릿했으며, 간간이 안개비만 내리고 있었다. 그는 그 풍경을 바라보며, 베네치아에 이르는 해로와 육로는 다른가 보다, 하고 생각했다. 그는 이물의 돛대 곁에 서서 시선을 먼 곳에 둔 채 뭍이 나타나기를 고대했다. 예전에 꿈속에서 이와 같은 물결로부터 둥근 지붕들과 종탑들이 자기를 향해 솟아오르더라고 노래한, 우울하고도 열정적인 어느 시인[5]을 기억해 냈다. 그는 외경심과

---

5 아우구스트 폰 플라텐(August Graf von Platen, 1796~1835)을 가리킨다. 토마

행복감, 그리고 비애에 젖어서 괜찮은 노래 몇 가지를 가만히 속으로 되뇌어 보았다. 그리고 과거의 감동을 반추하며, 새로운 감탄과 혼란, 즉 감정의 때늦은 모험이 이렇듯 한가로이 자신한테 혹시 또 찾아올 수 있을지를 진지하고, 지친 마음에게 물어보는 것이었다.

그때 오른편으로 평평한 해안이 나타났고, 어선들이 바다 위에 심심찮게 떠 있는 정경이 보였다. 이어서 해수욕장을 두른 섬[6]이 나타났다. 기선은 그것들을 왼편에 두고, 서서히 속도를 줄이며 좁은 항구로 미끄러져 들어갔다. 항구의 이름은 섬의 이름과 같았다. 초라하지만 형형색색의 집들과 마주해 있는 석호 위에서 배는 아주 멈춰 섰다. 보건 당국의 범선이 여기까지 오기로 예정되어 있기 때문이었다.

한 시간이 지나고 나서야 범선이 나타났다. 베네치아에 도착하긴 했지만, 아직 완전히 도착한 것은 아니었다. 사람들은 바쁠 일이 없는데도 초조해하고 있었다. 저 멀리 바다 건너 울려오는 군대의 나팔 소리에 아무래도 애국심이 발동했는지, 풀라의 청년들은 일제히 갑판으로 나왔다. 그들은 아스티[7]에 얼근히 취해, 건너편에서 훈련하는 저격병들을 향해 만세를 외쳐 댔다. 그런 상황에서 꼴사납게 젊은이들과 어울려 날뛰는 늙은이의 모습은 역시 눈에 거슬릴 수밖에 없었다. 그의 늙어 빠진 뇌는 건장한 젊은이들의 뇌만큼 포도주를 당해 낼 수 없었는지, 정말 보기에 딱할 정도로 취해 있었다. 그는 흐

스 만은 베네치아를 읊은 그의 소네트를 잘 알았다.
6   베네치아 교외 지역인 리도(Lido)를 가리킨다.
7   아스티(Asti)는 샴페인과 비슷한 이탈리아의 발포성 포도주.

리멍텅해진 눈빛으로 담배를 쥔 손을 떨면서 잔뜩 취한 채 앞
뒤로 휘청댔다. 그는 힘들게 중심을 잡고자 자리에서 비틀거
리고 있었다. 걸음을 내딛기만 해도 넘어질 듯했으므로, 그는
감히 선 자리에서 움직일 엄두조차 내지 못하고 있었다. 그런
데 더욱 딱할 정도로 흥겨워 보였다. 그는 곁에 서 있는 사람
들의 옷 단추를 부여잡고 흥얼거리면서 눈짓을 하거나 낄낄
웃어 댔다. 그러고는 반지를 낀 주름진 집게손가락을 쳐들어
서 어리석은 장난을 해 보이더니, 혐오감이 들 만큼 외설스럽
게 혀끝으로 입언저리를 핥아 대는 것이었다. 아셴바흐는 어
두운 눈썹을 찌푸리고 그를 바라보았다. 그러자 다시금 멍한
느낌이 들었다. 마치 세상이 가볍지만 어떻게 막아 낼 수 없
는 경향, 즉 기묘하고 일그러진 모습으로 왜곡되는 것 같았
다. 하지만 주변 상황은 아셴바흐가 그런 괴이한 느낌 속에
계속 머무를 수 없게끔 방해했다. 때마침 배의 엔진이 쿵쾅거
리며 다시 작동하기 시작했다. 선박은 그다지도 목적지를 코
앞에 둔 채 중단했던 항해를 재개하고자 산 마르코 운하를 가
로지르고 있었다.

　　마침내 아셴바흐는 그토록 멋진 부두를 다시금 마주하게
되었다. 배를 타고 다가오는 사람들의 경외심 가득한 시선 속
에, 이 공화국에 자리한 환상적인 건축물들의 휘황찬란한 풍
경이 비쳤다. 산뜻하게 웅장한 두칼레 궁전과 탄식의 다리, 사
자상과 예수 그리스도상이 있는 물가의 주랑들, 그리고 동화
에나 등장할 법한 사원의 현란한 측면, 성문 길과 거대한 시계
탑도 한눈에 보였다. 그는 주위를 둘러보면서 육지로, 즉 기차
를 타고 베네치아에 도착하기란, 이를테면 궁전에 들어갈 때
뒷문으로 입장하는 것과 같으며, 지금처럼 물결 높은 바다를

가르고 배로 건너와야만 전혀 기대하지 못한 이 도시의 진짜 모습을 볼 수 있노라고 생각했다.

배의 기관이 멈추자, 바로 곤돌라들이 몰려들었다. 현문(舷門)이 내려지자 세관원들은 갑판 위로 올라와서 자기들의 임무를 수행했다. 하선(下船)이 시작되었다. 아셴바흐는 베네치아와 리도 사이를 연결하는 조그만 기선들의 정박지까지 자기와 짐을 데려다줄 곤돌라가 필요하다고 눈짓했다. 왜냐하면 그는 해변에 머물 작정이었기 때문이다. 그의 바람은 배의 아래쪽, 수면 위로 전달되었다. 그곳에선 곤돌라 사공들이 거친 사투리로 떠들어 가며 서로 다투고 있었다. 그는 트렁크 탓에 아직도 하선하지 못하고 있었다. 사다리 비슷한 계단 아래로 트렁크를 끌어 내리기가 힘들었던 것이다. 그래서 그는 그 끔찍한 늙은이가 술에 취해서 낯선 사람에게 음흉한 작별 인사를 건네며 추근대는 꼴을 몇 분 동안 더 지켜볼 수밖에 없었다. 그는 "머무르시는 동안 최고로 행복한 시간이 되시길 빕니다." 하면서 발을 뒤로 빼고 거창하게, 염소가 우는 듯 인사를 보냈다. "좋은 추억거리도 만드시고요. 또 봅시다, 실례가 많았습니다. 안녕히 가세요, 선생님!" 그의 입에서 침이 흘러나왔고, 두 눈을 감은 채 입언저리를 마구 핥았다. 늙어 빠진 그의 입술 바로 밑에는 염색한 수염이 바짝 곤두서 있었다. "우리 사랑하는 여인에게 인사를!" 하고, 그 사람은 두 손가락 끝에 입술을 갖다 대고서 웅얼거렸다. "사랑하는 여인에게, 정말 사랑스럽고 아름다운 애인에게 우리의 인사를……." 그러다가 갑자기 그의 틀니가 턱뼈에서 빠져나오더니 아랫입술 위로 떨어졌다. 아셴바흐는 운 좋게도 그 자리를 피할 수 있었다. 그 늙은 남자가 가래 낀 목소리로 "애인에게,

멋진 애인에게 말입니다."라고 말하는 소리를 등진 채 아셴바흐는 밧줄로 된 보호 난간을 꼭 붙잡고 현문 계단 아래로 내려왔다.

난생처음이든 아주 오랜만이든, 베네치아의 곤돌라에 올라탈 때 순간적 공포, 남모르는 두려움과 당혹감을 이겨 내지 않아도 될 만큼 대담한 사람이 어디 있을까? 그 기이한 배는 담시(譚詩)가 유행하던 때부터 전혀 변하지 않은 채 그대로 전해져 내려왔고, 색깔이 너무 까매서 다른 배들 가운데 섞여 있으면 마치 관(棺)처럼 보였다. 그것은 물결 찰랑거리는 밤에 소리 없이 저지르게 되는 범죄적 모험을 연상시킬 뿐 아니라 죽음과 관대(棺臺), 음울한 장례식, 그리고 우리가 마지막으로 떠나게 되는 침묵의 여행을 환기한다. 거룻배의 좌석은 관처럼 검게 래커를 바른, 광택 없이 시커먼 팔걸이의자인데, 이것이 세상에서 가장 부드럽고 풍성하며 푹신한 자리라는 사실을 사람들은 알기나 할까? 아셴바흐는 뱃머리에 가지런히 놓아둔 짐의 맞은편, 곤돌라 사공의 발치에 놓인 좌석에 앉자마자 그 사실을 깨닫게 되었다. 노 젓는 사공들은 여전히 실랑이를 벌이고 있었다. 위협적인 동작을 섞어 가며 귀에 거슬리는 이해할 수 없는 언어로 말이다. 하지만 항구 도시 특유의 평온함은 그들의 목소리마저 부드럽게 부서뜨려서 높은 바다 물결 너머로 흩뿌리는 듯했다. 이곳 항구의 날씨는 따뜻했다. 여행객은 지그시 눈을 감고서 시로코 바람에 마음을 설레며, 쿠션 있는 부드러운 의자에 기댄 채 일상을 벗어난 달콤한 태만을 마음껏 즐기고 있었다. '곤돌라를 타는 시간은 짧을 것이다.' 하고 그는 생각했다. '이 시간이 영원히 지속되었으면!' 배가 조금씩 흔들리는 가운데, 그는 북적대는 사람들과 웅성거리는 소리가 점점 멀어져 가고 있음을 느꼈다.

그의 주위는 아주 고요했고, 점점 더 고요해져 갔다. 노를 저을 때 나는 찰싹거리는 소리와, 뱃머리에 부서지는 둔탁한 파도 소리 외에는 아무 소리도 들리지 않았다. 물 위에 떠 있는 뱃머리의 끄트머리는 검고, 날렵한 도끼날 형태였다. 그런데 희미한 말소리, 낮게 중얼거리는 음성이, 곤돌라 사공의 이빨 사이에서, 팔을 움직일 때마다 어쩔 수 없이 새어 나왔다. 그것은 이따금씩 마치 나지막한 독백처럼 들려왔다. 아셴바흐는 고개를 들어서 주위를 둘러보고는 약간 어리둥절해졌다. 자기 주변에 석호가 펼쳐져 있고, 곤돌라는 탁 트인 바다를 향해서 나아가고 있음을 알아차렸던 것이다. 그래서 그는 다시 긴장했고, 자신의 뜻을 관철시키기로 했다.

"그러니까, 이보세요, 기선 정류장까지 가야 합니다." 하고 그는 뒤쪽으로 몸을 반쯤 돌린 채 말했다. 낮게 중얼거리는 소리가 그쳤다. 아셴바흐는 아무런 대답도 듣지 못했다. "그러니까 기선 정류장까지 가야 한다고요!" 그는 몸을 완전히 틀어서 곤돌라 사공의 얼굴을 올려다보며 되풀이했다. 사공은 그의 뒤쪽에 있는 높은 뱃전 위, 희뿌연 하늘 앞에 우뚝 솟아 있었다. 사공은 무뚝뚝하고, 정말 험악해 보이는 인상의 남자였다. 뱃사람답게 파란색 옷을 입은 데다 어깨와 허리에 노란색 견대(肩帶)를 두르고, 머리에는 올이 풀리기 시작한 볼품없는 밀짚모자를 상당히 비뚤게 쓰고 있었다. 그의 얼굴 생김새나 뭉툭하게 들춰진 코 아래쪽의 곱슬곱슬한 금빛 수염은 전혀 이탈리아 사람 같아 보이지 않았다. 체격이 왜소해서 뱃일이 능숙하지 못하리라 생각할 수도 있겠지만, 그는 매번 전력을 다해서 굉장히 힘차게 노를 저었다. 그는 힘이 부쳐서인지 몇 번인가 입술을 뒤로 끌어당기며 허연 이빨을 드러내기도 했다. 그 남자는 불그스레한 눈썹을 찡그린 채 손님을 넘겨다보면서 딱딱한, 아니 거의 무례한 목소리로 대꾸했다.

"리도까지 가시지 않습니까?"

아셴바흐가 대답했다.

"그래요. 하지만 난 일단 산 마르코까지만 건너가려고 곤돌라를 탄 거요. 거기서 바포레토[8]를 이용할 거니까."

"바포레토는 이용하실 수 없습니다, 선생님."

"왜 안 된다는 거요?"

"바포레토는 짐은 실어 나르지 않으니까요."

맞는 말이었다. 아셴바흐는 그제야 기억났고, 그래서 입을 다물었다. 하지만 베네치아에서 흔히 찾아볼 수 없는 그 사람의 쌀쌀맞고 불손한 접객 태도는 견디기 어려웠다. 결국 그는 말했다.

"그건 내 문제요. 짐은 어디 맡길 테니, 되돌아가시오."

주위는 고요했다. 찰싹거리는 노 젓는 소리와 뱃머리에 부딪히는 둔탁한 물소리가 들려왔다. 그리고 웅얼대는 목소리가 다시 시작되었다. 곤돌라 사공은 이빨 사이로 혼잣말을 중얼거리고 있었다.

무엇을 더 할 수 있을까? 유별나게 말을 듣지 않는 지독한 옹고집과 물 위에 단둘이 남게 되자, 여행자는 자기 뜻을 관철할 수 있는 방도를 도무지 찾을 수 없었다. 갑자기 벌컥 화를 내지 않았더라면 좀 더 느긋하게 쉴 수 있었을 텐데! 그는 곤돌라를 오랫동안, 아니 계속 타고 싶어 하지 않았던가? 일이

---

8 vaporetto. 베네치아의 수상 버스.

흘러가는 대로 그냥 내버려 두었으면, 차라리 그랬으면 좋았을 텐데! 태만함의 마력이 아셴바흐의 자리, 즉 검은색 쿠션을 두른 낮은 팔걸이의자로부터 흘러나오는 것 같았다. 이 마력은 뒤쪽에 서 있는, 막돼먹은 곤돌라 사공이 노를 저을 때마다 부드럽게 흔들리고 있었다. 범죄자의 손아귀에 빠져들었다는 생각이 꿈처럼 아련하게 그의 감각을 스치고 지나갔으나, 무슨 행동을 취할 수는 없었다. 게다가 이 모든 것이 순전히 바가지를 씌우기 위한 속임수라면 한층 더 기분 나쁘리라. 일종의 의무감이든 자존심이든, 그런 일만큼은 미리 막아야 한다는 생각 덕분에 한 번 더 용기를 낼 수 있었다. 아셴바흐는 물었다.

"뱃삯을 얼마나 받습니까?"

곤돌라 사공은 그를 흘끗 넘겨다보면서 대답했다.

"곧 내시게 되겠지요"

여기에 응수할 말은 분명했다. 아셴바흐는 기계적으로 대꾸했다.

"만약 내가 원하지 않는 곳으로 데려간다면 나는 한 푼도 내지 않을 거요. 땡전 한 푼도 말이오."

"리도로 가시려는 것 아닙니까?"

"당신하고는 안 가겠소."

"제가 잘 모셔다 드리겠습니다."

'이 말은 사실이다.' 하고 아셴바흐는 생각했다. 그리고 긴장을 풀었다. '네가 나를 잘 태워다 준다는 말은 사실이다. 내 돈을 노리고 여기서 나를 죽이더라도, 저 사람으로서는 나를 잘 태워 준 일일 테니까 말이야.'

하지만 그런 일은 일어나지 않았다. 더구나 길동무가 나

45

타났다. 떠돌이 남녀 악사들을 태운 작은 배였다. 그들은 기타와 만돌린 반주에 맞춰 노래를 불렀는데, 곤돌라 뱃전에 바짝 붙어서, 이득을 노리는 이국적인 노랫말로 수면의 고요함을 가득 채웠다. 아셴바흐는 그들이 내민 모자에다가 돈을 던져 주었다. 그러자 그들은 입을 다문 채 곧 떠나갔다. 간간이 혼잣말을 하는 듯한, 곤돌라 사공의 속삭임이 다시 들렸다.

시내로 향하는 기선의 꼬리 물살 때문에 배가 흔들렸지만, 어쨌든 무사히 도착했다. 두 명의 시청 직원이 뒷짐을 지고 얼굴은 석호 쪽으로 돌린 채, 물가에서 이리저리 오가고 있었다. 아셴바흐는 잔교에 닿자 곤돌라에서 내렸고, 이때 베네치아 부둣가에서 배를 끌어당기는 쇠갈고리를 가지고 대기하던 노인의 부축을 받았다. 아셴바흐는 잔돈이 부족했으므로 먼저 근처의 호텔로 건너가서 돈을 바꾼 뒤에, 사공에게 섭섭잖게 뱃삯을 지불하려고 했다. 호텔 로비에서 일을 마치고 돌아왔을 때, 아셴바흐는 물가의 수레 위에 놓인 짐을 발견했다. 곤돌라 사공은 이미 사라지고 없었다.

"그 사람, 내빼듯이 가 버렸습니다." 하고 쇠갈고리를 가진 노인이 말했다. "나쁜 사람이지요. 허가도 받지 않은 사람입니다, 선생님. 그자만 허가증도 없이 사공 일을 하고 있지요. 다른 사공들이 여기로 연락을 했나 봅니다. 그 작자도 다른 사람들이 자기를 벼르고 있음을 알았나 보던데요. 그러니까 휑하니 도망쳐 버린 거죠."

아셴바흐는 어깨를 으쓱해 보였다.

"선생님께서는 공짜로 배를 타신 셈입니다." 하고 노인은 말하면서 모자를 슬쩍 내밀었다. 아셴바흐는 동전을 던져 넣었다. 그는 짐을 해수욕장 호텔로 가져가라고 지시하고는 수

레를 따라서 가로수 길을 지나갔다. 하얀 꽃들이 피어 있는 가로수 길의 양쪽으로는 음식점, 상점, 숙박업소 등이 즐비해 있었다. 그리고 그 길은 섬을 비스듬히 가로질러서 해변 쪽으로 뻗어 있었다.

아셴바흐는 야외 테라스를 거쳐, 뒤쪽 입구를 통해서 널찍한 호텔 안으로 들어섰다. 그리고 대형 홀을 지나서 프런트 사무실로 갔다. 미리 접수해 놓았기 때문에, 그는 호텔 측으로부터 예우를 받았다. 지배인은 키가 작고 나직한 목소리로 살살 이야기하는 공손한 사람이었는데, 검은색 콧수염을 기르고 프랑스 스타일로 재단된 프록코트를 입고 있었다. 아셴바흐는 그와 함께 승강기를 타고 2층까지 동행했고, 그는 아셴바흐에게 방을 안내해 주었다. 벚나무 원목 가구가 비치된 아늑한 방은 진한 향기를 내뿜는 꽃으로 장식돼 있었다. 또 높은 유리창들로부터 광할한 바다가 시원스레 내다보였다. 지배인이 돌아간 뒤에, 아셴바흐는 어느 한 창가로 다가갔다. 직원들이 짐을 방 안으로 들여오는 동안, 그는 인적이 드문 오후의 해변과 햇빛이 비치지 않는 흐린 바다를 내려다보았다. 밀물 때였다. 바다는 야트막한 물결을 고른 박자로 잔잔하게, 해안 쪽으로 밀어 보내고 있었다.

고독하고 말없는 사람이 관찰한 사건들은 사교적인 사람의 그것보다 더 모호한 듯하면서 동시에 한층 집요한 데가 있다. 그런 사람의 생각들은 더 무겁고 더 묘하면서 항상 일말의 슬픔을 지니고 있다. 한번의 눈길이나 웃음, 대화로 쉽게 넘어갈 수 있는 광경이나 지각들조차 지나치게 신경 쓰게 하고, 끝내 그의 침묵 속으로 깊이 파고들어 가서는 중요한 체험과 모험과 감정들로 남는다. 고독은 본질적인 것, 과감하고 낯선 아름다움, 그리고 시를 만들어 낸다. 하지만 고독은 또한 역설, 불균형, 그리고 부조리하고 금지된 것을 야기하기도 한다. 그래서 여행 도중에 보았던 현상들, 그러니까 애인에 관해서 헛소리를 해 대던 볼썽사나운 멋쟁이 늙은이와, 뱃삯을 속이려 한 무허가 곤돌라 사공 따위가 아직까지도 이 여행객의 기분을 뒤흔들고 있었다. 이성적 사고에 어떤 어려움을 주지도 않고, 사실상 깊이 생각할 거리를 마련해 주지도 않지만 그 모든 것들이 그 자체로 이상야릇했다. 어쩌면 바로 이러한 모순 때문에 마음이 불안한지도 몰랐다. 그런 생각을 하면서 그는 바다를 향해 눈인사를 건네고, 아주 쉽게 가늠할 수 있는 가까운 거리에서 베네치아를 지켜보는 기쁨을 누렸다. 그는 마침내 몸을 돌렸다. 먼저 세수를 하고 나서, 편의를 위해 필요한 것들을 제대로 준비해 놓으라고 객실 전속 하녀에게 몇 가지 지시를 내렸다. 그런 다음, 승강기에서 일하는 녹색 제복의 스위스인에게 1층으로 태워다 달라고 부탁했다.

그는 바다를 면한 테라스에서 차를 마신 다음, 엑셀시오르 호텔 방향으로 뻗은, 근사한 바닷가 산책로를 따라서 걸었다. 그가 돌아왔을 무렵엔, 벌써 만찬을 위해서 옷을 갈아입어야 할 시간이었다. 그는 치장하는 일에 익숙했기 때문에 자기 방식대로 천천히, 아주 꼼꼼하게 옷을 차려입었다. 그런데도 그는 다소 이른 시간에 홀에 도착한 듯했다. 거기에서 그는, 서로 낯설어하고 상대편에 대해 짐짓 무관심한 체하면서도 한결같이 식사를 기대하며 모여 있는 수많은 호텔 손님들을 지켜보았다. 그는 테이블에서 신문을 집어 들고 가죽 안락의자에 앉았다. 그러고는 첫 체류지에서 만났던 무리들과 달리, 그의 마음에 드는 호텔 손님들을 유심히 바라보았다.

관대하고 너그럽고 여유로운 장면이 눈앞에 펼쳐졌다. 큰 나라들의 언어가 희미하게 섞여 들려오기도 했다. 세계적으로 통용되는 야회복은 교양 있는 사람들의 제복인 양 모든 사람들의 외모를 하나같이 점잖게 보이도록 했다. 무미건조하고 기다란 얼굴의 미국인과 식구가 많은 러시아인 가족, 영국인 아가씨, 프랑스인 보모를 둔 독일 태생의 아이들이 보였다. 슬라브계 사람들이 압도적으로 많은 듯했다. 바로 곁에서는 폴란드어 말소리가 들려왔다.

한 무리의 소년 소녀들이 있었다. 그들은 가정 교사인 듯도 하고, 상류층 사교계의 말 상대인 듯도 보이는 어떤 여자의 보호 아래, 등나무 식탁의 둘레에 모여 있었다. 열다섯 살에서 열일곱 살 정도로 보이는 소녀 셋과 열네 살 무렵의 소년이 하나 있었다. 아셴바흐는 소년이 완벽하게 아름답다는 사실을 알아차리곤 흠칫 놀랐다. 창백하면서도 우아하고, 내성적 면모가 엿보이는 얼굴은 연한 금발에 감싸여 있었다. 곧게 뻗은 코와 사랑스러운 입술, 우아하고 신성한 진지함이 깃든 그의 얼굴은 가장 고귀했던 시대의 그리스 조각품을 연상시켰다. 가장 완벽하게 형식미를 실현해 낸 모습이었다. 아셴바흐는 그 아이를 쳐다보며 자연에서도, 조형 예술품에서도 그와 비슷한 성취를 본 적 없다고 생각할 정도였다. 그 아이에게는 아주 희귀한 개인적 매력이 있었다. 더욱 눈에 띄는 점은, 남매들의 옷차림새나 행동의 기준인 듯한 교육적 관점의 뚜렷한 대조였다. 그들 중에서 나이가 많은 소녀는 어른이라 여겨질 정도였지만, 세 소녀들의 차림새는 보기 흉할 만큼 엄숙하고 단정했다. 시꺼먼 색깔에 중간 길이의 수녀복 같은 의상을 똑같이 입었는데, 장식도 없고 일부러 몸에 맞지 않게 재단되어 있었다. 오직 하얀 칼라만이 유일하게 밝은색을 띠고 있었다. 그녀들의 옷은 매력적인 외모를 억압하고 방해했으며, 매끈하게 빗어 넘긴 머리카락은 그녀들의 얼굴을 수녀처럼 공허하고 무미건조하게 보이도록 했다. 어머니가 엄하게 관리하고 있음이 분명했다. 그녀는 자기 딸들에게 부과한 교육적 엄격함을, 소년에게 적용할 생각은 전혀 없는 듯했다. 온화함과 사랑스러움이 소년의 존재를 확실하게 규정하고 있었다. 그 애의 아름다운 머리카락에 가위를 갖다 대는 일이 금기라도 되는 양, 헬레니즘 예술의 걸작 「가시 뽑는 소년」처럼 곱슬곱슬한 머리카락은 이마에서 귀를 거쳐, 목덜미 아래쪽 깊숙이까지 흘러내리고 있었다. 밑으로 갈수록 뾰족해지는 퍼프 소매가 달린 영국식 선원복은 아직 천진난만하고 가느다란 소년의 손을 감싸고 있었다. 그 옷의 끈과 리본, 그리고 예쁜 자수 장식들 덕분에 어딘지 귀하고 고급스러운 인상을 풍겼다. 소년은 자신을 유심히 쳐다보는 아셴바흐를 향해서 옆으로 반쯤 몸을 돌리고 있었다. 검은색 에나멜가죽 구두를 신은 한쪽 발을 다른 발 위에 올리고, 팔꿈치를 등나무 의자의 팔걸이에다 걸친 채로, 움켜쥔 손에 볼을 바싹 붙이고 있었다. 그의 태도에서는 꾸밈없는 기품이 흘렀고, 그의 누이들한테는 익숙한 듯 보이는 부자연스러운 뻣뻣함이 전혀 없었다. '저 애는 어디가 아픈 걸까? 안색이 얼굴 주위를 둘러싼 어두운 금색 고수머리와 대조적으로 상아처럼 새하얗군. 아픈 게 아니라면, 저 애는 혹시 부당한 편애를 받으며 과보호 아래서 유약하게 자란 응석받이일까?' 아셴바흐는 소년을 응석받이라고 생각하기로 했다. 거의 모든 예술가 기질에는, 미를 창조하는 일의 부당함을 인정하고 귀족적 특권에 관심과 존경을 표하는 사치스럽고도 배반적 성향이 천성적으로 나타나기 마련이다.

한 급사가 주위를 돌아다니면서, 이제 만찬이 준비되었다고 영어로 알리고 있었다. 손님들은 서서히 유리문을 지나서 식당 안으로 들어갔다. 호텔 입구의 홀과 승강기에서 뒤늦게 도착한 사람들이 분주히 지나갔다. 식당 내부에는 음식이 차려져 있었지만, 폴란드인 남매들은 여전히 그들의 등나무 탁자 주변에 머물러 있었다. 아셴바흐는 깊숙한 안락의자에 기분 좋게 앉아서 아름다운 소년을 눈앞에 두고, 그들 남매들과 함께 식사를 기다리기로 했다.

붉은 얼굴에, 작고 뚱뚱한 데다 행동거지마저 어설픈 가정 교사가 드디어 일어나라고 신호를 했다. 그녀는 눈썹을 치켜올리면서 의자를 뒤로 뺐다. 이윽고 밝은 회색 옷을 입고, 진주로 온통 치장한 화려한 귀부인이 홀 안으로 들어오자 몸을 숙여서 인사했다. 그 부인은 마치 독일 고위 공무원의 아내처럼 보였다. 그녀의 굉장히 사치스러운 면모는 일부 장식품만 보아도 단번에 드러났다. 심지어 거의 값어치를 가늠할 수조차 없었는데, 버찌 크기의 온화한 빛깔이 도는 진주알을 무려 세 겹으로 길게 늘어뜨린 목걸이와, 진주 귀고리를 하고 있었다.

아이들은 재빨리 일어났다. 그 아이들 역시 고개를 숙여서 인사하더니 어머니의 손에 키스를 했다. 그녀는 세련되긴 해도 좀 지친 듯 보였고, 뾰족한 코를 가지고 있었다. 아이들의 머리 너머로 가정 교사를 바라다보면서 프랑스어로 몇 마디를 건넸다. 그러고는 유리문 쪽으로 걸어갔는데, 아이들도 그녀를 따라갔다. 소녀들이 나이 순서대로 따르고, 그 뒤에 가정 교사가, 그리고 맨 끝에 소년이 뒤따랐다. 어떤 이유에서인지 소년은 문턱을 넘어가기 전에 몸을 돌렸다. 홀에는 남아 있는 사람이 없었으므로 소년의 독특한 연회색빛 눈동자는 아셴바흐의 눈과 마주쳤다. 그는 신문을 무릎 위에 올려놓고 넋나간 듯이 그 가족들의 뒷모습을 지켜보고 있었다.

아셴바흐가 목격한 것은, 어느 모로 보나 특별하지 않았다. 어머니보다 먼저 식사하러 가지 않고, 어머니를 기다리다가 예의 바르게 인사를 건넨 뒤 식당으로 들어갔을 뿐이었다. 그렇지만 그 모든 행동에는 너무도 명백하게 잘 교육된 태도라든가 의무감, 자긍심이 배어 있어서 아셴바흐는 몹시 감동하였다. 그는 얼마간 더 망설이다가 그냥 식당으로 건너갔고, 자기 자리를 물었다. 그의 자리는 유감스럽게도 잠시 한눈을 판 사이 정해졌다. 결국 폴란드인 가족들과는 상당히 떨어진 곳에 앉게 되었다. 피곤하긴 해도 정신은 활발했다. 그는 지루한 식사 동안 추상적인 것, 아니 진실로 선험적인 것에 대해 관심을 기울이며 법칙과 개성적인 것이 맺고 있을 법한 비밀스러운 관계를 곰곰이 생각해 보았다. 어쩌면 그렇게 인간의 아름다움이 생기는지도 몰랐다. 거기서부터 생각은 형식과 예술에 관한 일반적 문제들로 옮겨 갔다. 마침내 그의 생각과 발견은 꿈속에서의 묘한 암시처럼 느껴졌다. 한데 그것은 말짱한 지각 상태에서는 완전히 허무맹랑하고 쓸데없는 발상에 불과했다. 그는 식사를 마치고서 담배를 피우며 앉아 있기도 하고, 감미로운 저녁의 공원을 이리저리 거닐기도 했다. 그러고는 좀 이른 시각에 휴식을 취하러 방으로 들어갔다. 그는 내내 깊이 잤음에도 여러 가지 꿈을 잡다하게 많이 꾸었다.

그다음 날에도 날씨는 좋지 않았다. 육풍이 불어왔다. 잿빛 구름이 덮인 하늘 아래의 바다는 황량한 수평선과 가까이 맞닿은 채 해변으로부터 멀찍이 떨어져 있었고, 막막한 고요함 속에서 잔물결을 일으켰다. 그렇게 바다는 기다란 모래톱에 여러 겹의 줄무늬를 만들어 놓았다. 창문을 열었을 때, 아셴바흐는 석호에서 썩은 냄새가 풍겨 옴을 느꼈다.

그는 돌연 불쾌한 기분에 사로잡혔다. 벌써 그 순간에 이곳을 떠나야겠다는 생각이 들었다. 몇 년 전, 한번은 이곳에서 지낼 때의 일이었다. 쾌청한 봄날이 며칠 동안 이어지다가 흐린 날씨가 찾아왔고, 그를 괴롭히더니 끝내 건강을 해친 적이 있었다. 그래서 그는 도망치듯 베네치아를 떠나야만 했다. 그런데 다시 그때처럼 열을 동반한 불쾌감과, 관자놀이가 지끈거리고 눈꺼풀이 묵직한 증상이 시작되지는 않을까? 또 한 번 거처를 바꾸기란 귀찮은 일일 텐데. 하지만 바람의 방향이 바뀌지 않는다면 여기서의 체류 역시 장담할 수 없었다. 만일의 사태에 대비해서 짐을 완전히 풀지는 않았다. 그는 9시에, 홀과 식당 사이에 따로 마련된 간단한 뷔페에서 아침 식사를 했다.

식당 안에는 일반적으로 대형 호텔들이 명예롭게 여기는 엄숙한 침묵이 흐르고 있었다. 접대를 하는 웨이터들은 조용조용히 걸어 다녔다. 찻잔이 달그락거리는 소리, 낮게 소곤거리는 말소리 정도만 살짝 들릴 뿐이었다. 아셴바흐는 출입문 맞은편에서 약간 비켜 나간, 즉 자기 자리에서 탁자 두 개를 건너뛴 한쪽 구석에 앉아 있는 가정 교사와 폴란드인 소녀들을 발견했다. 잿빛 섞인 금발은 새로 빗었는지 윤기가 흘렀다. 충혈된 눈을 하고, 조그마한 하얀색 칼라와, 커프스가 달린 빳빳한 푸른 옷을 입은 아이들은 곧추앉아서 병조림이 든 유리그릇을 서로에게 건네주고 있었다. 그들은 아침 식사를 거의 마쳤지만 소년은 보이지 않았다.

　아셴바흐는 미소를 지었다. '그렇군, 꼬마 페아케[9] 같으니라고!' 하고 그는 생각했다. '너는 누나들과는 달리 마음대로 늦잠을 잘 수 있는 특권을 누리는 모양이구나!' 그는 갑자기 기분이 명랑해져서 다음과 같은 시구를 홀로 읊기 시작했다. '자주 바꿔 보는 장신구와 따뜻한 목욕, 그리고 휴식이여!'[10]

　그는 천천히 아침 식사를 했다. 그러고는 장식 테가 있는 모자를 꾹 눌러쓰고 식당 안으로 들어온 수위에게서 뒤늦게 도착한 우편물 몇 개를 전해 받았다. 그는 담배를 피우면서 두세 통의 편지를 뜯어보았다. 그러고 있으려니, 예상대로 저 건너편에서 늦잠꾸러기가 나타났다. 소년은 유리문을 통과한 뒤, 정적이 흐르는 공간을 비스듬히 가로질러서 누나들이 모여 있는 식탁으로 갔다. 그 아이의 걸음걸이는 상체의 자태에서뿐만 아니라, 하얀 신발을 신은 발을 아주 우아하게 내딛는 무릎 동작에서도 너무나 가볍고 부드러웠다. 자부심에 가득 차 있으면서도 어린아이다운 수줍음을 머금고 있었으므로 귀여웠다. 그 아이는 약간 수줍어하며 도중에 두 차례, 홀 쪽으로 고개를 돌린 채 눈을 크게 떴다가 아래로 내리깔았다. 소년은 미소를 띠고 낮은 목소리로 약간 불분명하게 무슨 말인가를 하더니 자리에 앉았다. 그런데 그 아이의 옆모습을 정확하게 바라보게 되었을 때, 아셴바흐는 다시금 경탄했다. 그 아이가 지닌 신적인 아름다움에 거듭 놀라지 않을 수 없었던 것

9　페아케족(die Phäaken)은 호메로스의 『오뒷세이아』에 등장하는 행복한 섬사람들이다. 스케리아섬으로도 알려져 있다.

10　『오뒷세이아』에 나오는 문구로, 스케리아섬의 왕 나우시토스가 오디세우스를 환대하는 장면이다.

이다. 오늘 소년은 파란색과 하얀색 줄무늬가 들어간, 가벼운 정장 차림이었는데, 그 옷의 가슴에는 붉은색 비단 리본이 달려 있었다. 그리고 목둘레에는 단순한 회색 칼라가 조여져 있었다. 하지만 그리 우아한 맛이 없는 칼라였음에도, 그 위에는 비할 바 없이 사랑스러운 아이의 머리가, 마치 활짝 핀 꽃처럼 놓여 있었다. 그것은 흡사 파로스섬의 금빛 대리석으로 깎아 놓은 듯한 에로스의 두상과도 같았다. 진지한 빛을 띤 섬세한 눈썹, 고리 모양으로 구부러진 곱슬 머리가 어둡고도 부드럽게 관자놀이와 귀를 뒤덮고 있는, 바로 그 두상 말이다.

'그렇군, 정말 그래!' 하고 아셴바흐는 전문가답게 냉담히 인정했다. 예술가들은 이런 인정을 통해서, 종종 명작에다 자신들의 열광과 심취를 표현하는 법이다. 그는 계속 이렇게 생각했다.──'그래, 참으로 나를 기다린 것은 바다와 해변이 아니었구나. 네가 여기에 머물러 있는 동안, 나도 여기에 머무르겠다!' 그는 일단 일어나서, 종업원들의 주목을 받으며 홀을 지나 커다란 테라스로 내려갔다. 그는 거기서 곧장 판자 다리를 건너, 호텔 손님들만 이용할 수 있도록 칸을 막아 놓은 해변으로 향했다. 아마직 바지와 선원 셔츠를 입고, 밀짚모자를 쓴 맨발의 노인이 그 아래쪽에서 해수욕장을 관리하고 있었다. 아셴바흐는 그 노인에게 자기가 빌려 둔 오두막으로 안내를 부탁했다. 그리고 탁자와 의자를 모래 위에 설치하도록 그 노인에게 판자를 주문한 다음, 접이식 의자를 펴고 앉아서 편안한 마음으로 쉬었다. 그는 바다를 향해서 넓게 펼쳐진 금빛 모래사장 쪽으로 의자를 좀 더 끌어내린 뒤 푹 앉았다.

해변의 풍경, 즉 문명이 자연 곁에서 아무 근심 없이 감각적으로 즐기는 광경은 언제나처럼 그를 즐겁고 기쁘게 해 주었다. 회색의 얕은 바닷가에는 벌써부터 노니는 아이들과 수영하는 사람들이 있었고, 두 팔을 뒷덜미에 받친 채 모래사장에 누워 있는 사람들도 여럿 있어서 활기를 띠었다. 어떤 사람들은 빨갛고 파란 페인트를 칠한, 용골(龍骨) 없는 보트를 타고 놀다가 뒤집혀서 깔깔 웃고 있었다. 기다랗게 열을 지어 늘어선 오두막들 앞에는 ── 조그만 베란다 같은 판자 바닥 위에 사람들이 앉아 있었는데 ── 가벼운 몸놀림, 사지를 쭉 뻗은 게으른 휴식, 방문과 잡담, 조심스러운 아침의 정취 외에도 과감하고 안락하게 이곳의 자유로움을 만끽하는 나체도 있었다. 축축하고 딱딱한 모래사장 앞쪽으로는 헐렁하고 강렬한 색깔의 셔츠형 수영 가운을 걸친 사람들이 산보를 즐기고 있었다. 오른편에는 아이들이 만든 조야한 모래성 하나가 있었는데, 그 주변으로 각각의 나라를 상징하는 형형색색의 자그마한 깃발들이 꽂혀 있었다. 조개나 과자, 과일을 파는 장사꾼들은 무릎을 꿇은 자세로 물건들을 펼쳐 놓고 있었다. 다른 오두막들이랑 비스듬히 배치되어 바다를 향한 채 서 있는, 해수욕장의 끄트머리 언저리에 자리한 어떤 한 오두막 앞에는 러시아인 가족이 진을 치고 있었다. 턱수염을 기르고 커다란 치아를 가진 남자들, 부스스하고 축 늘어진 여자들, 화가(畵架) 곁에 앉아서 절망적인 탄식을 하며 그림을 그리는 발트해 출신의 처녀, 유쾌해 보이는 못생긴 아이들 두 명, 머리에 두건을 쓴 채 노예다운 공손한 태도를 취하는 상냥한 늙은 하녀 등이 그 일족이었다. 그들은 감사한 마음으로 여유를 즐기며 거기에 머물러 있었다. 다만 말을 듣지 않고 마구 돌아다니는 아이들의 이름을 지칠 줄 모르고 불러 댈 따름이었다. 그러고는 방금 사탕 과자를 사 준 명랑한 노인과 몇 마디밖에 모르는 이탈리아어로 오랫동안 농담을 주고받더니, 자기들끼리 서로 볼에다가 키스를 했다. 그들은 자신들을 관찰하는 그 누구에게도 신경 쓰지 않았다.

'그래, 난 그대로 머물러 있을 거야.' 하고 아셴바흐는 생각했다. '더 나은 곳이 어디라는 말인가?' 그는 두 손을 무릎 위에 포개고, 광대한 바다 쪽으로 눈을 돌렸다. 그의 시선은 미끄러져 내리며 몽롱해졌다. 그러고는 황량한 바다의 단조로운 안개 속에서 흩어져 버렸다. 그가 바다를 사랑하는 데에는 그럴 만한 심각한 이유가 있었다. 힘겹게 창작하는 예술가로서, 단순하고도 거대한 바다의 품에 안긴 채 다양한 현상과 까다로운 형상 앞에 자신을 숨기고 잠시 휴식을 취하고 싶은 것이었다. 게다가 그는 분류되지 않은 것, 무절제하고 영원한 것, 즉 무(無)에 대한 금지된 애착 때문에, 자기 사명과 정반대되는, 바로 그래서 유혹적이기까지 한 그 애착 때문에 바다를 좋아하기도 했다. 완전한 것의 품에 안겨서 휴식을 취하는 일이란 탁월한 것을 추구하는 사람의 소망이다. 그런데 무(無)야말로 완전성의 한 형식이 아니던가? 이제 막 그가 그윽하게 허공을 응시하며 꿈꾸고 있을 때, 별안간 해안 쪽 수평선의 가장자리에서 사람의 형체가 어른거렸다. 그가 무한의 세계에서 시선을 거두어들여 비로소 초점을 맞추자 바로 거기에 그 아름다운 소년이 서 있었다. 그 소년은 왼쪽으로부터 아셴바흐의 앞쪽 모래사장을 지나갔다. 물에 들어가려는지 소년은 맨발이었는데, 날씬한 다리를 무릎 위까지 드러내 놓고 천천히, 그러면서도 가볍고 당당하게 걸어갔다. 그 아이는 신발 없이 걷는 일이 익숙한 듯했다. 그 애는 걸으면서 비스듬히 서 있는 오두막 쪽을 휘둘러보았다. 그런데 흥에 취해 연신 설쳐

대는 러시아인 가족들을 발견하자마자 그의 얼굴에는 경멸에 가득 찬 심상치 않은 표정이 스쳐 지나갔다. 그의 이마는 어둡게 그늘지고, 입은 툭 튀어나오고, 입술은 옆으로 심하게 일그러져서 뺨까지 마구 불거졌다. 그리고 눈가마저 심하게 주름져서, 그 서슬에 눈이 움푹 꺼진 듯 보이기까지 했다. 곧 입술 사이에서 혐오감을 나타내는 한마디가 신경질적이고 무섭게 터져 나올 것 같았다. 그는 눈을 내리깔더니 다시 한 번 위협적으로 뒤를 돌아보았고, 경멸하듯 어깨를 홱 돌리더니 눈에 거슬리는 그들을 등지고 섰다.

일종의 여린 마음 때문인지, 아니면 흠칫 놀랐기 때문인지, 공감 같기도 하고 부끄러움 같기도 한 어떤 감정 탓에 아셴바흐는 아무것도 보지 못한 듯 몸을 돌려 버렸다. 그러니까 우연히 소년의 격정을 목격해 버린 이 진지한 관찰자는, 스스로가 본 것을 혼자 소화하기조차 버거웠던 것이다. 그러나 아셴바흐는 충격 속에 즐거움을, 말하자면 행복감을 느꼈다. 하등 나쁠 것이 없는 인간적 삶에 대해 그런 유치한 광신적 태도를 드러내다니! 그 태도 때문에 침묵하던 신적 존재가 인간적 관계 속으로 끌려들기 시작했다. 바로 그 때문에, 단지 바라보고 구경할 뿐이었던 자연의 귀중한 형상이 보다 더 많은 관심을 받을 만한 대상으로 인식되었다. 그리고 그 광신적 태도는 그 소년의 극도로 아름답고 의미심장한 모습에 한층 새로운 면모를 부여해 주었다. 또 그 면모로 말미암아 아셴바흐는 자신의 나이를 진지하게 생각하게 되었다.

아셴바흐는 여전히 시선을 돌린 채 소년의 목소리, 밝고 다소 나약한 듯한 그 목소리에 귀를 기울이고 있었다. 소년은 모래성 주변에서 노는 친구들에게, 벌써 멀리서부터 인사말을 건네며 자신의 존재를 알리고자 애쓰고 있었다. 친구들도 대꾸하면서, 그 소년의 이름인지 애칭인지를 여러 차례나 소리쳐 불렀다. 아셴바흐는 어떤 호기심을 가지고 그 소리에 더욱 귀를 기울여 보았다. 그러나 정확히 알아들을 수 없었고, 다만 '아지오' 비슷한 선율적인 두 음절만을 포착했을 뿐이었다. 어쩌면 마지막에 우(U) 음을 길게 빼서 부르는 '아지우'라는 소리일지도 몰랐다. 그는 그 소리를 듣고 즐거워했다. 아셴바흐는 그 듣기 좋은 소리가 그 대상과 무척 잘 어울린다고 느꼈다. 그래서 그는 가만히 그 소리를 되풀이해 보았다. 그러고는 흡족한 마음으로, 자기 편지와 서류 쪽으로 몸을 돌렸다.

조그마한 여행용 서류철을 무릎 위에 올려 두고, 아셴바흐는 만년필로 이런저런 편지들을 처리하기 시작했다. 그런데 십오 분이 지나자, 그는 벌써 자기가 아는 한 가장 즐길 만한 상황을 외면한 채 무미건조한 잡무만 들여다보고 있음을 유감스레 여기게 되었다. 그는 만년필을 옆으로 치우고, 바다 쪽을 향해서 고개를 돌렸다. 잠시 후, 모래성 근처에 있는 소년의 목소리에 주의를 기울인 채, 의자 등받이에 편안히 기댔다. 그러고는 오른쪽으로 머리를 돌려서 그 훌륭한 '아지오'가 무엇을 하며 어디에 있는지 다시 둘러보았다.

아셴바흐는 금방 그를 찾아냈다. 그 아이의 가슴 위에 달린 빨간 리본을 무심코 지나칠 수는 없는 일이었다. 소년은 다른 아이들과 함께 모래성 주변의 축축한 구덩이 위에 낡은 나무판자를 올려놓으면서 소리치거나 고갯짓을 해 가며 이런저런 지시를 내리고 있었다. 거기엔 그 아이까지 합쳐서 열 명가량의 소년, 소녀 들이 모여 있었다. 그중엔 같은 또래의 아이들도 있고, 그보다 더 어린 아이들도 있었다. 그들은 폴란드

어와 프랑스어, 심지어는 발칸 제국의 언어까지 마구 섞어서 잡담하고 있었다. 그래도 가장 빈번하게 들려오는 소리는, 그 소년의 이름이었다. 소년은 분명 다른 아이들로부터 환심과 호감, 경탄을 사고 있는 듯했다. 특히 그 애와 같은 폴란드인, '야슈'라고 불리는 탄탄한 소년은 포마드를 바른 새까만 머리에, 벨트로 여미는 반코트를 입었는데, 미소년의 가장 가까운 신하이자 친구인 듯했다. 모래성을 마무리했는지 그들은 팔짱을 끼고 해변을 따라 걸었다. '야슈'라고 불리는 녀석이 미소년에게 키스를 했다.

아셴바흐는 손가락을 치켜들어서 그 녀석에게 위협적인 경고라도 해 주고 싶었다. '크리토불로스,[11] 네게 충고하겠는데, 일 년 동안 여행을 떠나라!' 하고 그는 미소를 띤 채 생각했다. '몸과 마음을 회복하려면 최소한 그만큼의 시간이 필요할 테니까!' 그는 행상한테서 구입한 크고 잘 익은 딸기를 아침으로 먹었다. 태양은 하늘의 두꺼운 구름을 뚫고 좀체 나오지 못했다. 날씨는 매우 더웠다. 고요한 바다는 사람의 감각을 마비시키는 굉장한 즐거움을 선사한다. 그의 감각이 이러한 즐거움을 누리는 사이에, 그의 정신은 나른해졌다. 이 진지한 남자에게는 '아지오' 비슷하게 들리는 그 이름이 정확히 무엇을 의미하는지, 완벽하게 알아내고 규명하는 일이야말로 최적의 과제인 것 같았다. 얼마 안 되는 폴란드어 지식을 동원해보았을 때, 그의 이름은 '타치오'임이 분명한 듯했다. 그것은 '타데우스'의 축약형이고, 부를 때에는 '타치우'라고 발음되

---

11   크세노폰의 『소크라테스 전기』에서 인용한 문장이다. 크리토불로스가 알키비아데스의 아들에게 키스하자, 소크라테스는 그에게 여행을 충고했다고 전해진다.

리라.

타치오는 수영하고 있었다. 시야에서 그 소년을 놓쳐 버렸던 아셴바흐는 곧 바다 저 멀리에서 그의 머리와, 노를 젓듯이 크게 휘젓는 팔을 발견하였다. 아마도 바다는 꽤 멀리까지 얕은 모양이었다. 그런데도 벌써 소년이 염려되었는지, 그 애의 이름을 부르는 여자의 목소리가 오두막에서 들려왔다. 재차 그 이름을 외쳐 댔다. 그 소리는 거의 구호처럼 해변에 울려 퍼졌다. 그것은 부드러운 모음, 즉 끝에서 길게 끌리는 '우' 음 때문에 감미로우면서도 거칠었다. '타치우! 타치우!' 소년은 달리면서 역류하는 물살을 다리로 걷어차며 물보라를 일으켰다. 그렇게 고개를 뒤로 젖힌 채 물결을 가르면서 돌아왔다. 비할 바 없이 숭고하고 준엄한 표정에, 물방울이 뚝뚝 떨어지는 고수머리를 한 그 생명력 넘치는 모습은 하늘과 바다 깊숙한 곳에서 강림한 귀여운 신처럼 아름다웠다. 이제 그 모습이 바다에서 달려 나오고 있었다. 그 광경은 신화적 상상을 불러일으켰다. 이를테면 태초의 시간, 형식의 기원과 신들의 탄생에 관한 시학 자체였다. 아셴바흐는 눈을 감고, 자기 마음속에서 울리기 시작한 노래에 귀를 기울였다. 그리고 다시 한 번, 이곳이 마음에 들고 더 머무르고 싶다고 생각했다.

타치오는 해수욕을 마치고, 하얀색 가운을 오른쪽 어깨 아래쪽으로 여민 채 팔베개하고 모래사장에 누워 있었다. 아셴바흐는 그 아이를 쳐다보지 않은 채 책을 읽었지만, 소년이 그쪽에 누워 있음을 계속 염두에 두고 있었다. 경탄할 만한 소년을 보려면 오른쪽으로 머리를 약간만 돌리면 된다는 사실 역시 잊지 않았다. 아셴바흐는 자기가 거기에 앉아 있는 까닭이, 마치 그 휴식하는 소년을 지켜 주기 위해서라고 상상했다.

그래서 그는 다만 자신의 일을 했다. 그렇지만 매 순간, 그리 멀리 떨어지지 않은 오른편에 누워 있는 그 고귀한 형상에 끊임없이 주의를 기울였다. 아버지로서 가지는 헌신적 총애, 말하자면 정신적으로 자신을 희생시켜서 아름다움을 생산해 낸 자가 아름다움을 소유한 자에게 가지는 감동적인 애정이 그의 가슴을 가득 채웠다. 급기야 그의 마음을 설레게 했다.

그는 정오가 지나자 해변을 떠났고, 호텔로 되돌아가서 객실까지 승강기를 타고 올라갔다. 그는 한참 동안 방 안의 거울 앞에 서서 자신의 흰 머리와 지치고 예민해 보이는 얼굴을 들여다보았다. 바로 그 순간, 그는 자신의 명성을 생각했다. 그리고 많은 사람들이 그를 어디에서나 알아보고, 적확하고 품위 있게 꾸며 놓은 말들 때문에 존경하는 눈빛으로 쳐다보는 상황에 대해서 생각했다. 그리고 스스로의 재능이 가져다 준 온갖 외면적 성공들을 일일이 생각해 내서 머리 속에 떠올려 보았고, 급기야 귀족이 된 경위까지 회상해 보았다. 그러고는 식당으로 내려가서 식탁에 앉아 점심 식사를 했다. 그가 식사를 마치고 승강기에 올라탔을 때, 아침에 보았던 한패의 소년들도 뒤이어 승강기 안으로 몰려들었다. 타치오도 함께였다. 소년은 아셴바흐 곁에 아주 가까이 서게 되었다. 그 소년이 처음으로 너무나 가까이 다가왔으므로 아셴바흐는 그 아이를 거리감 없이 아주 상세하게, 인간적 면모까지 세밀하게 살피고 또 알게 되었다. 어떤 아이가 그 소년에게 말을 걸자, 미소년은 형용할 수 없을 만큼 사랑스러운 미소로 화답했다. 그리고 2층에서 벌써 내렸다. 두 눈을 내리깔고 뒷걸음질하며 승강기에서 나가는 것이었다. 아름다움이란 인간을 부끄럽게 하는구나, 하고 아셴바흐는 생각했다. 그러고는 왜 그런지 골똘히 생각에 잠겼다. 한데 그는 타치오의 치아가 충분히 완벽하지 않음을 깨닫게 되었다. 끝부분이 좀 뾰족하고 창백한 데다가 건강한 치아에서 찾아볼 수 있는 광택도 없었으며, 가끔 빈혈증 환자한테서 보이는 투명한 빛깔은 이상하게도 호감을 주지 않았다. '그 애는 정말 허약한가 보군, 어디가 아픈 것 같아.' 아셴바흐는 마음속으로 생각했다. '그 애는 매우 연약해. 병약하군그래.' 하고 거듭 확신했다. '아마 일찍 죽을지도 몰라.' 아셴바흐는 이런 생각을 하면서 왜 만족감 또는 안도감을 느끼는지, 그 이유를 굳이 밝히려 하지 않았다.

그는 방에서 두 시간 정도 보낸 다음, 오후에는 바포레토를 타고 썩은 냄새가 풍기는 석호를 지나서 베네치아로 향했다. 그는 산 마르코에서 내린 뒤, 그곳 광장에서 차를 마셨다. 그러고는 늘 그래 왔듯이 이 거리, 저 거리를 쏘다녔다. 그런데 그의 기분과 결심은 산책을 즐기다가 완전히 뒤바뀌고 말았다.

골목마다 역겨운 무더위가 깔려 있었다. 공기는 너무나 텁텁했고, 가정집과 상점, 음식점에서 새어 나오는 냄새들 ── 기름 냄새, 향수 내음 그리고 온갖 종류의 기체들마저 흩어지지 못하고 증기와 뒤섞인 채 가라앉아 있었다. 담배 연기조차 제자리에 가만히 머무르다가 아주 서서히 사라질 정도였다. 좁은 골목길에서 북적대는 인파는 산책하던 아셴바흐를 괴롭히고 귀찮게 했다. 그가 산책을 이어 갈수록 시로코 열풍과 뒤섞인 바닷바람 탓에 야기된, 흥분과 이완이 공존하는 역겨운 분위기는 점점 더 그를 고통스럽게 짓눌러 왔다. 괴로운 땀이 쏟아졌다. 눈까지 잘 보이지 않았고, 가슴은 답답해졌으며, 몸에서 열이 나고 머리에서는 피가 훅떡거렸다. 그는 도망치듯이 붐비는 상가 골목에서 빠져나왔다. 그러다가 다리를 건너서 빈민가 쪽으로 들어서게 되었다. 그곳에서는 거지가 성가시게 굴었고, 더구나 하수구에서 올라온 매스꺼운 악취가 호흡을 곤란하게 했다. 베네치아 도심에 위치한 한적하고 수상한 낌새가 감도는 어느 조용한 지역, 한 분수의 가장자리에서 쉬며, 그는 이마에서 흐르는 땀을 닦았다. 그러고는 떠나야 함을 깨달았다.

　두 번째로, 그리고 이제 최종적으로 입증된 사실은 이 도시의 날씨가 그에게 몹시 해롭다는 점이었다. 고집스럽게 버티기는 무모한 일인 듯했고, 바람의 방향이 바뀔 전망도 아주 불확실했다. 조속한 결단이 필요했다. 하지만 벌써 집으로 돌아갈 수는 없었다. 여름을 보낼 곳도, 겨울을 보낼 곳도 준비되어 있지 않았던 것이다. 그러나 바다와 해변이 여기에만 있는 것은 아니었다. 어디 다른 곳에, 해로운 영향이 없는 바다와 해변이 있을 터였다. 그는 트리에스테에서 멀지 않은 곳에 위치한 조그마한 해수욕장을 떠올렸다. 그곳은 그가 지내기에 어울리는 데라고들 말했었다. 그곳으로 가면 되지 않을까? 당장 말이다. 그렇게 또다시 변경된 체류지에서 좀 더 유익하게 시간을 보내는 거다. 그는 단호한 결정을 내리면서 벌떡 일어섰다. 이윽고 다음번 곤돌라 선착장에서 배를 타고, 운하의 흐린 미로를 뚫고, 아취 있는 대리석 발코니의 아래를 지나갔다. 사자상들이 그 좌우로 그곳을 호위하고 있었다. 매끄러운 담벼락의 모퉁이를 돌아, 쓰레기가 둥둥 떠다니는 수면 위에 어느 회사의 커다란 간판이 비치는 퇴락한 궁전 앞을 지나서, 그는 산 마르코로 돌아왔다. 아셴바흐는 거기에 도착하기까지 제법 애를 먹었다. 레이스 공장, 유리 공장과 협잡한 곤돌라 사공이 아무 데서나 멈춰 서서 그에게 물건을 살펴보고 구입하라고 권유해 댔기 때문이었다. 베네치아를 통과해 가는 그 기이한 뱃놀이가 매력적일 수도 있었겠지만, 바가지를 씌우려는 수중 도시의 상혼 때문에 그는 다시 불쾌해졌다.

호텔로 되돌아오자 그는 만찬 시간이 되기도 전에 먼저 사무실에 들러서 예기치 못한 사정으로, 다음 날 아침 일찍 떠나야겠다고 통고했다. 호텔 직원은 유감스러워하면서 그에게 계산서를 끊어 주었다. 아셴바흐는 식사를 끝내고, 무더운 저녁 시간을 뒤쪽 테라스의 흔들의자에 앉아 잡지를 읽으면서 보냈다. 그는 잠자리에 들기 전에 짐을 전부 싸서 떠날 채비를 해 두었다.

재출발을 앞두고 불안했으므로 그는 잠을 푹 자지 못했다. 아침에 그가 창문을 열었을 때 하늘은 여전히 흐렸다. 하지만 공기는 한결 상쾌해진 듯했다. 그런데 그는 벌써 후회하고 있었다. 그렇게 예약을 취소하다니, 너무 성급하고 잘못된 판단은 아니었을까? 몸 상태가 비정상적인 상황에서 나온 섣부른 행동은 아니었을까? 취소 통고를 좀 더 유보했더라면, 그토록 조급하게 겁을 집어먹지 말고, 베네치아의 공기에 적응하고 날씨가 좋아지기를 기다렸더라면 그는 지금처럼 초조함과 부담감을 느끼는 대신에, 어제 해변에서 보낸 오전 시간과 똑같은 순간을 오늘도 맞이하고 있을 텐데! 그런데 너무 늦어 버렸다. 이제 그는, 어제 스스로가 원했던 바를 실현하기 위해서 떠나지 않으면 안 되었다. 그는 옷을 차려입고서 아침 식사를 하러 8시에 승강기를 탔다. 그리고 1층으로 내려갔다.

뷔페에는 아직 손님들이 없었다. 그가 앉아서 주문한 음식을 기다리는 동안, 몇 사람이 들어왔다. 그는 입술에 찻잔을 갖다 대면서, 가정 교사와 함께 폴란드 소녀들이 나란히 입장하는 모습을 바라보았다. 그들은 불그스레하게 핏발 선 눈으로, 단정하고도 활기차게 창가 구석의 자기네 식탁으로 걸어갔다. 바로 그때, 모자를 꾹 눌러쓴 호텔 수위가 아셴바흐에게 다가오더니 출발을 재촉했다. 그를 비롯해 다른 여행객들을 엑셀시오르 호텔로 데려다줄 자동차가 준비됐고, 거기서부터는 모터보트가 승객들을 기차역까지, 회사 전용의 운하를 통해서 실어다 주리라고 했다. 연신 시간이 급하다고 강조했다. 아셴바흐는 그럴 리 없다고 생각했다. 기차가 떠나기까지 한 시간 이상 남은 줄 알았던 것이다. 어차피 떠날 손님을 일찌감치 호텔에서 내보내려는 호텔의 행태에 화가 나서, 그는 느긋하게 아침 식사를 하고 싶다고 호텔 수위에게 의사를 밝혔다. 그 남자는 머뭇거리다가 되돌아가더니 오 분 뒤에 다시 나타났다. 차가 더 이상 기다릴 수 없다는 것이었다. 결국 아셴바흐가 흥분해서 대답하기를, 그냥 출발하되 자기 짐을 챙겨서 가 달라고 했다. 아셴바흐는 예정된 시각에 맞게 대중 증기선을 이용하고 싶으니, 제발 출발에 대한 걱정을 거둬 달라고 당부했다. 호텔 종업원은 몸을 숙여서 예의 절을 했다. 아셴바흐는 성가신 재촉을 물리쳤음을 기뻐하며 느긋하게 아침 식사를 마쳤다. 게다가 웨이터에게 신문을 건네받기까지 했다. 그가 자리에서 일어났을 때는 정말로 시간이 빠듯해졌다. 바로 그때, 마침 타치오가 유리문을 통과해서 들어오고 있었다.

그 아이는 트인 길을 가로질러서 자기네 식탁 쪽으로 걸어가다가 머리가 세고 이마가 불룩 튀어나온 남자, 아셴바흐 앞에서 지그시 눈을 감았다. 그러더니 다시 아주 사랑스럽게, 그를 향해서 부드럽고 그윽한 눈길을 보냈다. '안녕, 타치오!'

하고 아셴바흐는 마음속으로 인사했다. '너와의 만남은 찰나였구나.' 하고 그는 평소 습관과 달리, 마음속의 생각을 정말 말하려는 듯 입술을 움직이며 혼자 중얼거렸다. 그러고는 "주님의 은총이 있기를!" 하고 덧붙여 말해 버렸다. ──그는 출발하면서 팁을 골고루 나눠 주었다. 프랑스식 프록코트를 입은, 키가 작고 목소리가 나지막한 지배인의 환송을 받으며 걸어서 호텔을 떠났다. 올 때와 마찬가지로 휴대용 짐을 나르는 호텔 직원의 수행을 받으며, 하얀 꽃들이 피어 있고 섬을 비스듬히 가로지르는 가로수 길을 따라서 기선이 있는 부두로 갔다. 그는 거기에 도착하자마자 자리를 잡았다. 그리고 그 뒤로, 깊은 후회에서 연유하는 슬프고 괴로운 항해가 이어졌다.

여정은 석호를 거쳐, 산 마르코를 지나서 대운하까지 거슬러 올라가기로 예정돼 있었다. 아셴바흐는 뱃머리에 놓인 둥그런 벤치에 앉아서 팔을 난간에 받치고 손차양으로 눈을 가렸다. 공원들이 뒤로 멀어져 갔고, 작은 광장은 여전히 군주다운 기품을 뽐내며 쓸쓸히 펼쳐져 있었다. 웅장하게 죽 늘어선 궁전들도 저 뒤에 남았다. 수로의 방향이 바뀌자 리알토의 화려한 대리석 아치가 나타났다. 여행객 아셴바흐는 그 장관을 바라보았다. 그런데 그는 가슴이 찢기듯 슬펐다. 그는 그 도시의 정취를, 그리고 어서 도망가라고 그토록 자신을 몰아붙였던 바다와 습지의 악취를 이제 깊고 애정 어린, 고통스러운 호흡으로 들이마시고 있었다. 이 모든 것들에 대해서 그의 가슴이 얼마나 큰 애착을 가지고 있었는지, 그 스스로 정녕 알지 못했을까? 오늘 아침에는 약간 유감스럽고, 자기 행동이 과연 올바른지에 대해 살짝 회의하는 정도였다. 그런데 이제는 고통이 되고, 절절한 아픔이 되고, 영혼의 번뇌가 되고 말

았다. 너무도 쓰라린 나머지, 그의 두 눈에는 여러 차례 눈물
이 고이곤 했다. 그는 혼잣말로, 이렇게 되리라고는 전혀 예상
치 못했다고 뇌까렸다. 그가 그토록 견디기 힘들어하고, 때로
는 도저히 참을 수 없다고 느꼈던 것은 분명히, 이제 결코 다
시는 베네치아를 볼 수 없고, 이 순간이 베네치아와의 영원한
이별일지도 모른다는 생각이었다. 그러니까 또다시 이 도시
가 그를 병들게 했음이 드러났다. 따라서 그는 이 도시를 재
차 허겁지겁 떠날 수밖에 없으니, 장차 베네치아는 그에게 머
무를 수도 없고, 머물러서도 안 되는 금단의 거처로 남으리라.
그가 베네치아를 감당할 수 없었던 만큼, 훗날 또 여기를 찾는
일은 무의미할 뿐이었다. 그러했다. 이제 떠나면, 두 번씩이
나 건강 때문에 단념해 버린 이 사랑스러운 도시를 언제 다시
보겠는가! 그는 수치심과 오기 탓에, 자기가 이 도시를 다시
보지 못하리라는 사실을 분명히 느끼고 있었다. 정신적 애착
과 육체적 능력 사이에서 발생한 고투는, 초로의 아셴바흐에
게 불현듯이 너무나 괴롭고 중대하게 여겨졌다. 육체의 패배
는 지독히 굴욕적이므로 어떤 대가를 치르고서라도 견뎌 내
야 했던 것 같았다. 그래서 그는, 어제 자기가 진지한 내적 고
투조차 없이 경솔하게 체념해 버리고, 육체적 패배를 받아들
이고 인정해 버렸음을 이해할 수 없었다.

　　그동안 증기선은 기차역에 다다르고 있었다. 그사이 고통
과 당혹감이 가중되어서 정신은 혼미해질 지경이었다. 괴로
운 아셴바흐에게 출발은 불가능한 듯 여겨졌지만, 돌아서는
것 역시 더욱더 불가능해 보였다. 그는 완전히 혼란스러운 마
음으로 정거장에 들어섰다. 벌써 시간이 매우 촉박했다. 예정
된 기차를 타려면 한시도 지체해서는 안 되었다. 그는 떠나기

를 원하기도, 원하지 않기도 했다. 한데 임박한 시간이 자꾸 그를 앞으로 내몰았다. 그는 서둘러 기차표를 끊고 시끌벅적한 역내에서 호텔 직원을 찾아서 두리번거렸다. 그 남자가 나타나더니, 대형 트렁크를 이미 부쳤다고 보고했다. "벌써 부쳤다고?", "그렇습니다, 여부가 있겠습니까. ― 코모로 부쳤습니다.", "코모라니?" 급하게 말이 오가고, 성마른 질문과 당황한 대답을 주고받는 사이에 가방은 이미 엑셀시오르 호텔의 화물 운송부에서부터, 다른 사람들의 짐들과 함께 완전히 엉뚱한 곳으로 보내졌음이 드러났다.

아셴바흐는 이런 상황에 꼭 맞는 표정을 유지하느라 애를 썼다. 일종의 모험적 기쁨이, 믿기지 않는 명랑한 기분이 내심에서부터 거의 발작처럼 솟구쳐 오르더니 그의 가슴을 마구 뒤흔들어 놓았다. 호텔 직원이 혹시 트렁크를 다시 찾아올 수 있을까, 하고 뛰어갔으나 그는 예상한 대로 빈손으로 돌아왔다. 그러자 아셴바흐는 절대로 짐 없이 여행하고 싶지 않으니, 일단 해변 호텔로 돌아가서 다시 짐이 도착하기를 기다리겠노라고 말했다. 호텔 전용의 모터보트가 아직 기차역에 있느냐는 질문에, 그 남자는 바로 문 앞에 있다고 확언했다. 이어서 그는 창구 직원에게 이탈리아어로 장광설을 늘어놓으며 기차표를 반환받을 수 있도록 주선해 주었고, 전보를 보내서 트렁크를 곧 회수하도록 최선의 조치를 강구하겠노라고 맹세했다. 여행객 아셴바흐는 기차역에 도착한 지 이십 분 만에 다시 대운하를 통과해서 리도로 되돌아가는 스스로를 발견하게 되었다. 참으로 별난 일이었다.

방금 전 깊은 비탄에 잠겨서 영원히 작별을 고한 도시를, 운명처럼 되돌아와서, 채 한 시간도 지나지 않은 시점에 다시 마주하다니! 묘하게 믿기지 않는, 창피하면서도 우스꽝스럽고 꿈같은 모험이었다. 조그마한 모터보트는 뱃머리 앞쪽으로 물보라를 일으키면서 곤돌라와 증기선 사이를 교묘하게 빠져나가더니, 자기 진로를 따라서 돌진했다. 그 와중에 속상해하며 체념한 듯 표정을 가장한 승객, 아셴바흐는 가출 소년같이 초조해하면서도 들뜬 흥분감을 숨기고 있었다. 마음속으로는 여전히 이번의 사고에 대해 이따금 웃음이 터져 나올 것 같았다. 그는 그 실수가 억세게 운 좋은 사람에게도 닥치기 힘든, 비할 바 없이 흡족한 불행이라고 스스로에게 말했다. '여러 가지 설명을 해야 하고, 놀란 얼굴들도 상대해야 할 거야.' 하고 그는 자신에게 말했다. '그러고 나면 모든 것이 다시 잘될 테지. 불행은 미연에 방지되고 중대한 오류도 바로잡힌 셈이야. 그러다가 홀가분하게 다 떨쳐 버렸다고 믿었던 모든 것들이 다시 나타나서 어느 때고 느닷없이…… 그런데 배의 속도가 빨라서 내가 착각한 걸까? 아니면, 이제 소용도 없는데 정말 바다 쪽에서 바람이 불어오고 있는 것일까?'

섬을 가로질러서 엑셀시오르 호텔까지 뻗어 있는 좁은 운하의 콘크리트 벽면에 물결이 부딪히고 있었다. 거기서 버스한 대가 그를 기다리고 있다가, 잔물결이 출렁이는 바다 위쪽으로 곧게 뻗은 길을 달려서 해변 호텔까지 그를 데려다주었다. 키가 자그마하고 콧수염을 기른 지배인이 리본 달린 옷을 입은 채 인사를 하고자 옥외 계단 아래쪽까지 내려왔다. 그 남자는 낮은 목소리로 아양을 떨면서 예기치 못한 사태에 대해 유감을 표했고, 손님과 호텔 모두한테 몹시 불미스러운 일이라고 말했다. 하지만 이곳에서 짐을 기다리기로 한 아셴바흐의 결정은 확실히 현명한 선택이라고 동조했다. 먼저 아셴바

흐가 머물던 방은 이미 찼으나 물론 다른 객실을, 거기에 못지
않은 방을 곧바로 마련해 드리겠노라 장담했다. 승강기에 오
르자 스위스인 안내원이 "운이 없으시군요, 선생님!" 하고 미
소를 지으며 말했다. 결국 도망자 아셴바흐는 먼젓번하고 비
슷한 위치와 시설의 방에서 다시 지내게 되었다.

이렇듯 유별났던 오전의 혼란 때문에 온몸이 지치고 머
릿속은 멍했다. 그는 손가방에 든 소지품들을 방에 배치한 다
음, 열어 둔 창문 근처에다가 팔걸이 의자를 갖다 두고 앉았
다. 바다는 담록색을 띠었다. 공기는 더 옅어지고 깨끗해진 듯
했다. 오두막과 보트가 있는 해변은 다채로워 보였다. 그러나
하늘은 여전히 흐렸다. 아셴바흐는 두 손을 무릎에 포개고 창
밖을 내다보았다. 그는 다시 이곳에 머물게 되었음에 흡족한
마음을 느꼈다. 그러면서 자신의 망설임, 소망의 무지함을 절
절히 질책했다. 그렇게 휴식하면서 아무 생각 없이, 꿈꾸듯 한
시간가량 앉아 있었다. 그는 정오 무렵에 타치오가 빨간 리본
이 달린 줄무늬 아마직 정장을 입고 바다 쪽에서 해변 개폐문
을 통과해, 판자 다리를 건너서 호텔로 되돌아오는 모습을 보
았다. 아셴바흐는 사실 그 아이의 모습을 눈으로 정확하게 파
악하기도 전에, 단지 그 키만으로도 미소년임을 알아보고 마
음속으로 이렇게 생각했다. '보아라, 타치오, 너 역시 여기에
있구나!' 그러나 바로 그 순간, 그는 그 느긋한 인사말이 그의
마음속 진실 앞에 무릎을 꿇은 채 쑥 물러나고 있음을 알아챘
다. 그는 피 끓는 듯한 감동, 기쁨, 영혼의 고통마저 느꼈다. 마
침내 그는 자기에게 베네치아와의 이별이 그다지도 어려웠던
까닭은 바로 타치오 때문이었음을 깨달았다.

아셴바흐는 남의 눈에 띄지 않는 높다란 위치에서, 아주

편안하게 앉은 채 내면을 응시하고 있었다. 그의 얼굴은 깨어 있고, 눈썹은 의미심장하게 곤두서 있었다. 호기심에 들뜬 미소가 그의 입가에 맴돌았다. 그는 머리를 쳐들고, 안락의자의 팔걸이 위로 축 늘어뜨린 두 팔을 천천히 돌리면서, 손바닥을 앞쪽으로 향하도록 뒤집어 보았다. 마치 팔을 활짝 펴보일 듯 두 팔을 들어 올리면서 말이다. 그 동작은 운명을 기꺼이 환영한다는, 태연히 맞이하겠다는 몸짓이었다.

4

신[12]은 이제 날마다 열기를 머금은 두 뺨을 하고 뜨거운 숨결을 내뿜으며, 천공을 가로지르는 사두마차를 몰아댔다. 그의 황금빛 고수머리는 불어닥치는 동풍에 마구 휘날렸다. 희뿌옇고 비단처럼 부드러운 광채가 느릿느릿 물결치는 광대한 바다 위에 놓여 있었다. 모래사장은 이글거렸다. 가물거리는 은빛 천공의 푸르름 아래쪽, 해변의 오두막 앞으로는 초록 천막들이 펼쳐져 있고, 이들이 만들어 낸 뚜렷한 윤곽의 그늘에서 사람들은 오전 시간을 보내고 있었다. 그러나 공원 식물들이 발삼 같은 향기를 내뿜고, 별들이 천공에서 느린 윤무를 추고, 흐릿한 바다의 낮은 중얼거림이 조용히 밀려와서 영혼을 속삭일 때면 저녁 시간도 더없이 아름다웠다. 그런 저녁이면 가벼운 여유가 있고, 기분 좋은 우연이 연달아 일어나는 유쾌한 미래가 꼭 찾아올 것 같았다.

운명적인 재앙 덕분에, 여기에 붙잡힌 그 손님은 짐을 되

12   그리스 신화에 등장하는 태양신 헬리오스(Helios)를 가리킨다.

찾더라도 다시 떠나야 한다고는 전혀 생각하지 않았다. 그는 이틀 동안 불편을 견뎠고, 식사 때에는 여행복 차림으로 식당에 나타나야 했다. 그러다가 드디어 짐이 자기 방으로 돌아오자, 그는 짐을 모조리 풀어 옷장이며 서랍을 가득 채웠다. 당분간 계속 체류하기로 마음먹었다. 그는 실크 정장을 입고 해변에서 시간을 보내다가, 저녁 식사 때면 근사한 복장을 차려입고 다시 식당에 나타날 수 있게 되었음에 흐뭇해했다.

이러한 생활의 규칙적이고 쾌적한 리듬이 그를 이미 완전히 사로잡았고, 그런 삶을 영위하는 데서 오는 부드럽고 찬연한 온화함은 그를 급격히 변화시켰다. 남국 바닷가의 산뜻한 해수욕장 생활이 주는 매력과, 바로 인접한 기묘하고 신비한 도시를 잘 결합해 놓은 이 체류야말로 얼마나 훌륭한가! 아셴바흐는 향락을 좋아하지 않았다. 언제 어디서고 마음껏 놀거나, 느긋하게 쉬며 즐거운 시간을 보내려고 하면—특히 젊은 시절에 그랬는데—불안감과 거부감 때문에 곧 다시 아주 힘든 일, 정신을 바짝 차리고 엄숙하게 마주해야 하는 일상의 소임으로 되돌아가야 할 것만 같았다. 단지 이곳만이 그에게 마법을 걸어서 그의 의지를 누그러뜨리고, 그를 행복하게 해 주었다. 오전에 이따금씩 오두막의 차양 아래에서 남해의 푸르름을 꿈꾸거나, 미적지근한 밤에 한참 동안 머물러 있던 마르쿠스 광장에서 리도로 돌아올 때, 별이 총총한 하늘 아래서 곤돌라의 쿠션에 몸을 기대고 있을 무렵—따사로운 불빛과 마음을 녹이는 세레나데를 뒤로하고—그는 산악 지대에 있는 자기 별장을, 그러니까 여름철 내내 고뇌하며 지낼 뻔한 장소를 떠올렸다. 그곳에선 구름이 정원 깊숙이까지 몰려들고, 끔찍스러운 천둥 번개가 밤새 집 안의 불빛을 꺼뜨리기도 하며, 그가 먹이를 주는 까마귀들이 소나무 우듬지에서 날개를 푸드덕거리기도 했다. 그러고 보니 그는 지구의 끝, 지상 천국에 와 있지는 않은지, 하는 생각마저 들었다. 인간에게 경쾌한 삶을 허락하는 — 눈과 겨울, 폭풍우와 몰아치는 비바람이 아니라 — 오케아노스의 부드럽고 신선한 숨결이 언제나 솟아오르고, 행복에 가득 찬 여유로움 속에서 아무 어려움도, 투쟁도 없이 나날들이 흐르며, 태양과 축제에만 바쳐진 장소에 와 있는 것이었다.

아셴바흐는 여러 차례, 아니 거의 항상 타치오를 보았다. 말하자면, 제한된 공간에서 각자 정해진 대로 생활하다 보니 그는 거의 온종일 아름다운 소년 가까이에 있었던 것이다. 그는 도처에서 그 아이를 보거나 마주쳤다. 호텔의 아래층 홀에서, 시내로 가거나 돌아오는 시원한 뱃놀이를 즐기다가, 자기 방의 의자에서, 심지어 때로는 길거리, 잔교에서도 우연히 마주치곤 했다. 그러나 가장 기분 좋게, 규칙적으로 그 고귀한 인물을 자세히 바라볼 수 있는 곳은, 그리고 그에게 느긋한 관찰의 기회를 희사해 주는 때는 해변에서 보내는 오전 시간이었다. 더욱이 이와 같은 행복한 구속, 즉 날마다 한결같이 되풀이되는 호의적 상황이 너무나 좋았다. 그런 만남은 그를 만족감과 삶의 기쁨으로 충만하게 하고, 긴긴 체류를 더 값지게 해 주었다. 그리고 매 순간을 쾌청하고 즐거운 나날로 이끌었다.

아셴바흐는 여느 때 같았으면 작업에 대한 욕구로 불타올랐을 이른 시간에 일어나서 다른 사람들보다 먼저 해변으로 갔다. 아직 태양은 부드럽고, 바다는 하얗게 반짝이며, 아침은 꿈속에 빠져 있었다. 그는 해변의 개폐문을 지키는 경비원에게 친절하게 인사를 건넸다. 그러고는 자신에게 자리를 마련해 주면서 갈색 차양을 펴 주고, 오두막의 가구를 바깥의 나무 바닥에 가지 꺼내 준, 하얀 수염을 기른 맨발의 남자에게도 친근하게 인사한 뒤 자리에 앉았다. 앞으로 세 시간 또는 네 시간 동안 해가 중천에 떠올라서 엄청난 위력을 발휘하리라. 바다는 점점 더 푸르러지고, 아셴바흐가 타치오를 바라볼 수 있는 시간이었다.

그는 소년이 왼쪽 바닷가에서 걸어오는 모습을 보기도 하고, 오두막 사이 뒤쪽에서 나타나는 모습을 보기도 했다. 소년이 늦게 오는 줄 알고 있다가 이미 와 있음을 갑작스럽게 발견하기도 했는데, 그럴 때면 더욱 반가우면서도 놀라움을 금하지 못했다. 소년은 해변에서 그의 독특한 파랗고 하얀 수영복을 입은 채 평소의 습관대로 햇볕이 쏟아지는 모래사장을 돌아다녔다. ──이런 사랑스럽도록 무의미한, 한가롭고 변덕스러운 생활 자체가 놀이고 휴식이었으며, 그가 하는 일이란 나무판자 바닥에 앉아 있는 여자들이 지켜보는 가운데 빈둥대며 걸어 다니거나 물장구를 치거나 모래를 파거나 술래잡기를 하거나 누워 있거나 헤엄을 치는 것이었다. 그러다가 여자들이 두성(頭聲)으로 "타치우! 타치우!" 하고 부르는 소리가 들리면 재빠른 동작으로 그들에게 달려가서 자신이 체험한 것을 그들에게 이야기해 주기도 하고, 스스로 채집한 조개나 불가사리, 해파리 그리고 게 따위를 보여 주곤 했다. 아셴바흐는 그 애의 말을 단 한마디도 알아듣지 못했지만 지극히 일상적인 일인 양 그의 귀에는 막연히 감미롭게 들렸다. 그렇게 의미를 알아듣지 못하다 보니 소년의 말소리는 급기야 음악으로 고양되었다. 게다가 당당하기 짝이 없는 태양이 미소년의 자태 위로 아낌없이 휘황찬란한 빛을 쏟아부었고, 바다의 초연한 깊이는 그의 모습 뒤에서 언제나 후광과 배경이 되어 주었다.

　얼마 지나지 않아서 관찰자는 자유롭게 자신을 표현하는 이 고귀한 신체의 온갖 선과 몸짓을 다 이해하게 되었다. 이미 친숙한 모든 아름다움에 대해 새로이 반갑게 인사를 건넸으며, 그 아름다움을 바라볼 때의 감탄과 정다운 감각적 기쁨은 무한했다. 여자들이 오두막을 방문한 어떤 손님에게 인사하라고 소년을 불렀다. 소년이 뛰어왔다. 아마 밀물에 젖은 채 달려왔는지 고수머리를 뒤로 젖히는 것이었다. 소년은 한 발로 서고 다른 발끝을 땅에 댄 채 손을 내밀었다. 그러면서 그는 우아한 긴장감을 보이며 매력적으로 몸을 돌렸는데, 친절한 태도를 취하느라 수줍어했다. 한편 귀족의 의무가 명하는 대로 상대방의 호감을 얻으려는 듯 보이기도 했다. 소년은 목욕 수건을 가슴에 두른 채 귀엽게 다듬어진 팔을 모래에 받치고, 오므린 손에 턱을 괴고, 사지를 뻗으며 누웠다. 야슈라는 아이가 그 소년 곁에 쪼그리고 앉아서 아첨을 떨었다. 그 빼어난 미소년이 보잘것없는 신하에 지나지 않는 소년을 쳐다볼 때마다 눈과 입가에 떠오르는 미소보다 더 매혹적인 것은 있을 수 없었다. 타치오는 자기 친구들과 떨어져서 물가에 혼자 서 있었다. 아셴바흐와 아주 가까운 곳에 똑바로 서서 두 손을 깍지 낀 채 목덜미 위에 올려놓고, 천천히 몸을 일렁이며 꿈을 꾸는 듯 창공을 바라보고 있었다. 때마침 밀려온 작은 파도들이 그의 발가락을 적시고 있었다. 그의 벌꿀색 머리카락은 돌돌 말려서 관자놀이께와 목덜미에 찰싹 달라붙어 있었고, 태양이 위쪽 척추에 난 솜털을 비추고 있었다. 몸통에 꼭 끼게 두른 목욕 수건 때문에 소년의 섬세한 갈비뼈 윤곽과 균형 잡힌 가슴이 유난히 드러났다. 그의 양쪽 겨드랑이는 아직 털이 나지 않아서 조각상의 그것처럼 매끄러웠고, 두 무릎은 윤기로 반짝이고 있었다. 무릎 밑으로 보이는 푸르스름한 혈관은 그의 몸이 마치 투명한 소재로 만들어진 양 보이게 했다. 이토록 날렵하고 완전히 젊은 육체 속에 얼마나 훌륭한 규율과 명징한 사고가 표현되어 있는가! 은밀하게 작용하며 이 성스러운 조각상을 이 세상에 내어놓은 그 엄격하고도 순수한 의지! 그러나 이러한 의지는 예술가인 아셴바흐야말로 속속들이 잘 알고 친숙한 것이 아닌가? 그 역시 냉혹한 정열에 가득 차서 언어라는 대리석 덩어리로부터 매끈한 형식을 해방시켰다. 또 그는 정신으로 통찰해 낸 것을 관념적 아름다움의 전형과 귀감으로서, 매끈한 형식으로서 세상에 형상화해 내었다. 그러니 아셴바흐 또한 저러한 의지 속에서 창조하고 작용해 온 사람이 아닌가?

입상(立像)과 귀감이라! 그의 두 눈은 저기, 푸른 바다의 가장자리에 있는 고귀한 형상을 얼싸안았다. 그리고 그는 열렬한 황홀감에 빠져서 이 형상을 보는 것이야말로 아름다움 자체를 이해하는 것이라고 믿었다. 그 아름다움이란 신의 사고로서의 형식이고, 정신 속에서만 살아 숨 쉬는 유일하고도 순정한 완전성이었다. 그 완전한 아름다움의 비유적 모상이 한 인간으로 화(化)해서 여기 경쾌하고도 아리땁게 우뚝 선 채 경배를 기다리고 있는 것이었다. 이를테면 도취였다. 마침내 늙어 가는 예술가는 주저할 것도 없이, 아니, 탐욕적으로 그 도취를 기꺼이 받아들였다. 그의 정신은 산고의 고통을 겪었고, 그의 교양은 격랑에 휩쓸렸으며, 그의 기억은 아주 오래된 사고, 젊은 시절에 섭렵해 놓았지만 지금까지 한 번도 스스로 불꽃을 댕겨 보지 않았던 사고들을 새로이 떠올렸다. 태양은 우리의 주의력을 지적인 것에서 감각적인 것으로 돌려놓는다고, 어딘가[13]에 쓰여 있지 않았던가? 또 거기에는, 태양이 오성과 기억력을 마비시키고 현혹시키며, 끝내 영혼을 향락에 빠뜨려서 본래 상태를 완전히 잊게 한다고, 태양이 비추는 가장 아름다운 대상을 찬탄하고 찬미하는 데에 몰두하게 한다고 적혀 있었다. 그렇다, 영혼은 육체의 도움을 받아야만 더 높이 관찰하는 주체로서 고양될 수 있다. 정녕 에로스는 무능한 아이들에게 순수한 형식을 이해하기 쉬운 그림으로 보여 주는 수학자와 똑같다. 신 역시 우리들에게 정신적인 것을 보여 주고자 젊은 인간의 형상과 색채를 사용하였으니, 신은 그것을 아름다움의 광채로 장식해서 기억할 만한 도구로 만들어 놓은 것이다. 따라서 우리는 그것을 보노라면 고통과 희망에 불타오를 수밖에 없다.

미의 열광자는 이런 생각들을 했다. 또한 그는 이렇게 느낄 수 있었다. 황홀한 바다와 밝은 햇빛 덕분에, 그에게 매력적인 영상 하나가 떠올랐다. 그것은 아테네의 성벽에서 멀지 않은 곳에 있는, 해묵은 플라타너스나무의 모습이었다. 성스러운 그늘이 드리우고 순결한 나무의 꽃향기로 가득한 그곳은 님프와 아켈로스를 기리기 위해 성화(聖畫)들과 경건한 공양물로 장식되어 있었다. 넓게 가지를 뻗은 나무 발치에서 시냇물이 너무나 맑게, 매끄러운 조약돌 위로 흐르고, 귀뚜라미 역시 울고 있었다. 그런데 누워서도 머리를 들고 있을 만큼 완만하게 경사진 잔디밭 위에는 대낮의 열기를 피해 찾아온 두

<hr>

13 토마스 만의 일기에 따르면 플루타르코스의 『에로티코스(Erotikos)』라고 한다.

사람이 쉬고 있었다. 늙수그레한 남자와 한 소년, 그러니까 추한 인간과 아름다운 사람, 다시 말해서 사랑스러운 아이를 대동한 현자(賢者)의 모습이었다. 소크라테스는 점잖으면서도 기지 넘치는 농담을 억지로 섞어 가며 파이드로스에게 동경과 미덕을 가르치고 있었다. 그는 눈이 영원한 아름다움의 현현을 바라볼 때 느끼는 뜨거운 경이에 관해서 파이드로스에게 이야기하고 있었다. 그리고 아름다움의 상징물을 보고도 경외심을 느끼지 못하는, 아름다움을 상상할 수 없는 불경하고 못된 인간의 탐욕에 관해서 이야기하고 있었다. 또 신을 닮은 모습, 즉 완벽한 육체가 나타날 때 고귀한 자에게 엄습하는 성스러운 두려움에 관해서도 이야기했다. 그런 모습을 마주하면 그자는 흥분한 채 온몸을 떨며 제정신을 잃고, 감히 쳐다볼 엄두조차 내지 못하면서 아름다움을 지닌 자를 존경하게 될 것이다. 그리고 그자는——사람들에게 놀림감이 되기를 두려워하지 않는다면——틀림없이 조상을 섬기듯 아름다움을 경배하게 되리라. '그 이유는, 파이드로스여, 아름다움만이 사랑스러운 동시에 눈에 보일 수 있기 때문이다. 그러니 잘 명심해라! 아름다움만이 우리가 감각적으로 받아들이고, 감각적으로 견딜 수 있는 유일한 정신적 형태이니라. 만약 그렇지 않다면, 가령 신이나 이성, 미덕과 진리가 우리 앞에 감각적으로 나타난다면, 우리에게 어떤 일이 일어날까? 옛날에 세멜레(Semele)가 제우스 앞에서 그랬듯이, 우리도 사랑 때문에 눈이 멀어서 불타 버리지 않겠는가? 그러니 아름다움은 감각이 정신적인 것에 이르는 길이다.——다만 길일 뿐이고, 수단일 뿐이니라, 어린 파이드로스여…….' 이렇게 말한 다음, 노련한 구애자는 아주 미묘한 얘기를 들려줬는데, 이를테면 사랑하는 사람이 사랑받는 사람보다 더 신적이리라는 것이었다. 왜냐하면 사랑하는 자 안에는 신이 있지만, 사랑받는 자 안에는 신이 없기 때문이다. 아마 지금까지 인간이 머리에 떠올린 발상 중에서 가장 섬세하고도 가장 신랄한 생각이리라. 동경이 지니는 온갖 교활함과 지극히 은밀한 쾌락은 바로 이 발상에서 유래한다.

작가의 행복이란 완전한 감정이 될 수 있는 생각을 가지는 것이며, 완전히 생각이 될 수 있는 감정을 가지는 것이다. 그 당시 외로운 작가는 그처럼 약동하는 생각과, 그토록 세세한 감정을 가지고 있었다. 또한 그런 생각, 그런 감정에 주의를 기울이고 있었다. 즉, 정신적인 사람이 아름다움을 애모한 나머지 그것을 경배하면, 자연 역시 기뻐하며 전율한다는 생각과 감정이었다. 그는 갑자기 글을 쓰고 싶은 욕구를 느꼈다. 하긴 에로스는 빈둥거림을 사랑하고, 또 에로스가 빈둥거리는 사람만을 위해서 창조되었다는 말도 있다. 그렇지만 이렇듯 위기를 맞이한 사람의 흥분은 생산적 창조를 향해 작용하기 마련이었다. 글을 쓰고 싶은 계기는 거의 대수롭지 않다. 문화와 취미 영역의 어떤 중대하고도 시급한 문제에 대해 입장을 밝혀 달라는 일종의 질의 혹은 자극이 정신 세계의 현안으로 부상하였다. 급기야 이 문제는 현재 여행하는 이 작가에게까지 와닿았다. 그 주제는 그에게 친숙했고, 그의 체험에 속해 있기도 했다. 그 주제를 자기 언어로 조명함으로써 찬연히 빛내고 싶은 욕심이 생겨나자 돌연 주체할 수 없었다. 그런데 사실 그의 욕구는 타치오가 있는 데서 창작하고 글을 쓰며, 그 소년의 육체를 자기 문체의 본보기로 삼아 그 신적인 형상을 따르도록 하는 것이었다. 마치 옛날에 독수리가 트로이아의 목동[14]을 낚아채서 승천했듯이, 소년의 아름다움을 정신적인 영역으로 옮겨 놓고자 하는 바람으로 치닫고 있었다. 그는 언어에 대한 욕구를 지금보다 더 달콤하게 느낀 적이 없었으며, 에로스가 언어 속에 있으리라고는 미처 몰랐다. 이를테면 그가 차양 아래에 놓인 간이 탁자 앞에서 자신의 우상을 마주 보고, 그의 음악적 목소리에 귀 기울이면서 타치오의 아름다움을 본떠 탁월한 산문을 한 페이지 반가량 써 내려가는, 그 위태로우면서도 귀한 찰나에조차 에로스는 거기 있었다. 그 산문의 순수성과 고귀성, 그리고 약동하는 감정의 긴장은 곧 많은 사람들의 경탄을 불러일으키리라. 세상 사람들이 작품의 원천이나 집필 배경을 모른 채, 단지 아름다운 작품만을 접한다는 것은 확실히 다행스러운 일이다. 왜냐하면 예술가의 영감의 원천을 알게 되면, 그들은 자주 혼란에 빠지거나 깜짝 놀라서 훌륭한 작품의 효과를 없애 버리려 하기 때문이다. 기묘한 시간들! 엄청나게 신경을 소모하는 노력! 육체와 관계 맺는 정신이 생산에까지 이를 가능성은 희귀하다는 사실! 작업물을 챙겨 해변을 떠날 때의 아셴바흐는 지칠 대로 지쳐서 정말 녹초가 되었다. 그는 마치 한바탕 방종한 짓을 하고 났을 때처럼 양심한테 탄핵당하는 기분이었다.

그것은 이튿날 아침의 일이었다. 막 호텔을 나서려던 참에, 그는 옥외 계단에서 벌써 타치오가 — 혼자서 — 해수욕장 쪽으로 다가가는 모습을 보았다. 이 기회를 이용해서, 자기도 모르는 사이에 그토록 엄청난 감동을 선사한 그 소년과 경

---

14 독수리로 변신한 제우스가 천상으로 붙잡아 와서 신들의 술 시중을 들게 했던 미소년, 가니메데(Ganymede)를 암시한다.

쾌하고 명랑하게 인사를 나누고 싶은 소망, 즉 소년에게 말을 걸어서 그 아이의 대답과 눈길을 즐기고 싶은 단순한 바람이 언뜻 떠오르더니, 참을 수 없이 끓어올랐다. 미소년은 어슬렁어슬렁 걸어가고 있었다. 그 아이를 따라잡을 수 있을 것 같았으므로 아셴바흐는 발걸음을 재촉했다. 마침내 그는 오두막 뒤쪽의 좁은 판자 길에서 소년을 따라잡았다. 그는 소년의 머리 위에, 그리고 어깨 위에 손을 올려놓고 싶었다. 그 어떤 말한마디, 상냥하게 들리는 프랑스어 한 구절이 그의 입가에서 맴돌았다. 그때 그는, 어쩌면 빨리 걸었기 때문이겠지만, 방망질하는 심장의 두근거림을 느꼈다. 이렇게 가쁜 숨을 몰아쉬면서는 단지 주눅 든 듯 떨며 말할 수 있을 뿐이었다. 그는 머뭇거렸고, 마음을 진정시키고자 했다. 그런데 그는 갑자기 너무 오랫동안 아름다운 소년의 뒤에 바짝 붙어서 걸어오지 않았나, 하는 두려움에 사로잡혔다. 그러자 그는 소년이 자신을 알아차리고 의아해하며 주위를 살펴볼까 봐 염려되었다. 그래도 아셴바흐는 다시 한 번 시도하고자 했다. 하지만 끝내 실패하고 말았다. 그는 체념하며 고개를 숙인 채 그냥 지나쳤다.

'너무 늦었어!' 그 순간, 그는 마음속으로 생각했다. '너무 늦어 버렸어! 그런데 정말 너무 늦은 걸까?' 그가 시도하려다가 그만 때를 놓친 행동 — 만약 그가 행동했더라면, 아마 좋은 결과를 초래했으리라. 또 경쾌하고 즐거운 경험이 되었을 것이며, 결과적으로 스스로 각성하는 계기가 되었을 것이므로 분명 유익했을 터였다. 하지만 계획대로 진행되지 않은 이유는, 아마도 늙어 가는 사람이 각성을 원하지 않았을 뿐 아니라, 도취를 너무나도 귀중히 여겼다는 데에 있었으리라. 어느 누가 예술가 기질의 본성과 특징을 규명할 것인가! 누가 예술가 기질의 본질을 이루는 규율과 무절제의 오묘한 결합을 이해할 것인가! 왜냐하면 유익한 각성을 원하지 않을 수 있음이야말로 무절제이기 때문이다. 아셴바흐는 더 이상 자기비판을 하고 싶지 않았다. 취향과 그의 나이에 습득하는 정신적 상태, 자존심, 성숙 그리고 노년의 단순성 때문에 그는 스스로의 실패를 헤아릴 수 없었다. ── 양심의 가책, 아니면 방종이나 나약함 때문인지 그 동인을 분석하고 판가름해 낼 기분이 아니었다. 그는 혼란스러웠다. 누구든, 그러니까 해변 경비원일지라도 자신의 조급한 추적, 마침내 참패하는 꼴을 관찰했으면 어쩌나 걱정스러웠고, 얼마나 우스꽝스럽게 보였을지 몹시 걱정되었다. 하기야 그는 우스꽝스럽고 성스러운 걱정을 하는 스스로를 자조하기도 했다. '당황하기는!' 하고 그는 생각했다. '싸우다가 겁에 질려서 날개를 축 늘어뜨린 수탉처럼 당황해하다니. 사랑스러운 사람을 바라보는 순간에, 그렇게 우리의 용기를 꺾어 버리고, 그토록 우리의 자부심을 철저히 내동댕이치는 것은 정말이지 신의 장난이야…….' 그는 유희하듯 몽상을 즐겼으며, 어떤 감정을 두려워하기에는 자존심이 너무 강했다.

그는 자신에게 허락한 한가로운 시간이 어떻게 흘러가든 더 이상 통제하지 않았다. 그의 머릿속에 집으로 돌아가려는 생각 따위는 단 한 번도 떠오르지 않았다. 그는 돈을 풍족하게 썼다. 단지 폴란드인 가족들이 혹시 떠날까 봐 조마조마해할 뿐이었다. 사실 그는 호텔 이발소에서 살짝 탐문해 본 결과, 그 가족이 자신보다 며칠 앞서 도착했음을 알고 있었다. 태양은 그의 얼굴과 손을 갈색으로 그을렸고, 소금기를 머금은 싱싱한 바닷바람이 그의 감정을 고조시켰다. 평소에 그는 상쾌한 기분이나 수면, 영양분 혹은 자연 등이 자신에게 주어지면 곧장 작품에 쏟아붓곤 했다. 하지만 이제 그는 태양과 한가로 움 그리고 바닷바람이 날마다 안겨 주는 모든 활력을 아낌없이, 무분별하게 감각적 도취 속으로 내던졌다.

그의 잠은 깊지 못했다. 행복한 불안으로 가득 찬 짧은 밤들을 경계로, 소중하고도 단조로운 낮이 이어지고 있었다. 그는 적당한 시간에 물러나곤 했다. 타치오가 무대에서 사라지는 시각, 9시면 그로서는 이미 하루가 다 끝난 듯 느껴졌기 때문이다. 그렇지만 첫새벽의 먼동이 밝아 올 때면 부드럽게 파고드는 놀라움이 그를 깨우고, 그의 마음 역시 자기가 지금 빠져 있는 모험을 기억해 내었다. 그는 더 이상 이불 속에 있을 수 없어서 몸을 일으키고, 이른 새벽의 한기를 피해 가볍게 몸을 감싼 채 열린 창가에 앉아서 해가 떠오르기를 기다렸다. 그 놀라운 사건은 수면을 취한 그의 영혼을 경건성으로 가득 채웠다. 하늘과 대지 그리고 바다는 아직 유령처럼 차갑게 반짝이는 희끄무레한 으스름 속에 놓여 있었다. 허공에는 사그라져 가는 별 하나가 아직도 가물거리고 있었다. 머나먼 외지에서 방문한 활기찬 손님인 바람이 불어오자 새벽의 여신 에오스(Eos)는 남편 곁에서 몸을 일으킨다. 하늘과 바다가 까마득히 맞닿은 곳에서 꼭두새벽의 달콤한 홍조가 번진다. 이 홍조를 통해서 천지 만물은 처음으로 감각을 얻는다. 여신이 가까이 다가왔다. 클레이토스와 케팔로스를 유괴하고, 올림포스 신들의 질투에도 아랑곳없이 그 아름다운 오리온의 사랑을 누렸던 여신이 다가오고 있는 것이었다. 저기 저세상의 가장 자리에서부터 장미꽃을 흩뿌리는 여신의 작업이 시작되었다. 너무나도 거룩한 빛과 꽃, 천진난만한 구름들이 행복을 머금은 환한 광채를 뿜으며 곧 일을 개시하려는 사랑의 동신(童神)들을 장밋빛 서린 푸르스름한 연무 속에 떠다니게 했다. 자줏빛 붉은 기운이 바다 위로 떨어지고, 바다는 그 빛을 마구 흔들어서 앞으로 띄워 보내는 것 같았다. 황금빛 창들이 아래로부터 높은 하늘까지 치고 올라가고, 그 광휘는 소리 없이 불타오르는 듯했다. 벌건 열기와 정욕 그리고 불꽃들이 신적 권능을 발하며 활활 치솟아 오르고 있었다. 그러자 형제 신들의 성스러운 준마들이 말발굽을 재촉하며 지구 위로 뛰어올랐다. 고독한 파수꾼 아셴바흐는 신의 찬연한 광휘를 받으면서 앉아 있었다. 그는 두 눈을 감고 영광의 빛이 자기 눈꺼풀에 입맞춤하도록 했다. 그의 엄격한 삶과 창작 활동 속에서 죽어 버렸다가 이제야 묘하게 변모하여 되돌아온 예전의 감정들, 그리고 예전의 소중한 가슴앓이들 —— 그는 혼란스러우면서도 의아해하는 미소를 지으며 그 감정들, 그 옛날의 고통들을 알아보았다. 그는 깊은 생각에 잠겨서 꿈을 꾸었고, 그의 입술은 천천히 하나의 이름을 발음해 냈다. 여전히 미소를 머금은 채 얼굴은 위쪽으로 향하고, 두 손을 무릎 위에 포개고서 그는 안락의자에 앉아 다시 한 번 잠이 들었다.

그토록 열정적이고 찬란하게 시작된 하루는 이제 장엄하고 신화적으로 변했다. 갑자기 너무나 부드럽고 의미심장하게, 천상의 속삭임처럼 관자놀이와 귓가를 맴돌고 지나가는 이 미풍은 도대체 어디서 불어오며 또 생겨난 것일까? 하얀 새털구름은 신들의 초원에서 풀을 뜯는 양 떼들처럼 무리를 이루어 하늘 여기저기에 퍼져 있었다. 좀 더 세찬 바람이 불어왔다. 그러자 포세이돈의 말들이 벌떡 일어나서 달리기 시작했고, 아마도 그 푸르스름한 고수머리의 신[15]에게 속한 황소들도 뿔을 내린 채 울부짖으면서 달리기 시작했으리라. 멀리 떨어진 해안의 바윗돌 사이로, 껑충껑충 뛰는 염소처럼 파도가 출렁거리며 솟아올랐다. 목신(牧神)의 삶으로 충만한, 성스럽게 왜곡된 세계가 매혹당한 남자, 아셴바흐를 에워싸고 있었다. 그의 가슴은 달콤한 우화를 꿈꾸고 있었다. 베네치아 뒤편으로 해가 질 때면 그는 자주 공원 벤치에 앉아서 타치오를 바라보았다. 타치오는 하얀색 옷에 알록달록한 허리띠를 맨 채, 평평하게 고른 자갈밭에서 재미있게 공놀이를 하곤 했다. 아셴바흐는 히아킨토스를 보고 있다고 생각했다. 두 명의 신[16]이 그를 사랑했으므로 그는 죽어야만 했다. 정녕 아셴바흐는, 항상 아름다운 소년과 놀고자 신탁, 활 그리고 현악기마저 잊어버린 연적에 대해 제피로스가 느꼈을 고통스러운 질투를 짐작할 수 있었다. 아닌 게 아니라 그는 끔찍한 질투심에 사로잡혀서 원반이 소년의 사랑스러운 머리를 맞히는 광경을 보았다. 그 또한 창백해진 채, 무릎을 꺾고 늘어진 몸을 부여잡았다. 그러자 그 달콤한 선혈에서 한 송이 꽃이 움터 나왔고, 그 소년의 한없는 비탄의 비문이 되어 주었다…….

눈으로만 서로를 아는 사람들의 관계보다 더 미묘하고 더 까다로운 것은 없다. 날마다, 아니 매시간마다 서로 우연히 만나거나 쳐다보기도 하지만, 인습이나 기우 때문에 인사, 혹은 말 한마디 건네지 못하고 짐짓 냉담한 낯설음을 가장한 채 뻣

---

15 호메로스는 포세이돈이 말과 황소를 신성시한다고 표현했다.
16 아폴론과 제피로스다. 제피로스는 질투 때문에 원반을 던져서 히아킨토스를 죽이고 마는데, 이때 미소년이 흘린 피에서 같은 이름의 꽃이 피어났다고 한다.

뻣이 있을 수밖에 없는 것이다. 그들 사이엔 불안감과 극도로 자극된 호기심이 있고, 인식과 소통에 대한 욕구가 불만족스럽고 부자연스럽게 억압되어 생겨난 히스테리, 즉 일종의 긴장된 존중이 있다. 인간은 다른 인간을 평가할 수 없을 때에만 그를 사랑하고 존중하는 까닭이며, 동경이란 불충분한 인식의 소산이기 때문이다. 아셴바흐와 타치오 사이에는 필연적으로 모종의 관계, 친교가 생기지 않을 수 없었다. 그리고 늙은 남자는 자신의 관심과 주시가 전혀 무용하지 않음을 가슴 벅차게 확인할 수 있었다. 예컨대 아름다운 소년은 아침에 해변으로 향할 때 더 이상 오두막 뒤편의 판자 다리를 사용하지 않았다. 이제 소년은 앞쪽 길을 통해, 모래사장을 가로질러서 아셴바흐가 있는 곳을 지나갔다. 그리고 이따금씩 필요 이상으로 그의 곁에 바싹 붙어서, 가령 그의 탁자를 거의 스치듯 지나가며 자기네들의 오두막으로 천천히 걸어가곤 했다. 이 아름다운 소년은 당최 무엇 때문에 이렇게 한단 말인가? 보다 초월적 감정을 지닌 사람의 매력이, 그의 섬약하고도 무심한 상대방한테 이런 식으로나마 작용한 것일까? 아셴바흐는 날마다 타치오가 나타나길 기다렸다. 그러다가 막상 타치오가 나타나면, 일부러 바쁜 척하며 아름다운 소년이 지나가는 데 별로 관심 없는 양 굴었다. 그렇지만 어떤 때는 눈을 흘끔 뜨고 쳐다보다가 서로 시선이 마주치기도 했다. 그러면 그들 두 사람은 아주 진지해졌다. 나이 든 쪽의 교양 있고 위엄 있는 표정 속에서는 내면의 동요가 전혀 드러나지 않았다. 하지만 타치오의 눈에서는 탐색의 기미와, 생각에 잠긴 듯한 의구심이 엿보였다. 그 아이의 발걸음에 머뭇거림이 나타났다. 그렇게 소년은 땅을 바라보다가, 다시 눈을 들면서 사랑스럽게 쳐다보는 것이었다. 소년의 뒷모습에서는, 단지 몸에 밴 교육 때문에 감히 뒤돌아보지 못하는 기미가 감지됐다. 그러던 어느 날 저녁, 한번은 이례적인 사건이 일어났다. 만찬 때에, 가정 교사까지 포함해서 폴란드인 남매들이 식당에 나타나지 않았다. 아셴바흐는 걱정스러운 심정으로 그 사실을 확인하였다. 그는 야회복에 밀짚모자를 쓴 채 식탁에서 몹시 불안해하며, 그들이 있을 만한 장소를 찾아보았다. 호텔 앞쪽, 테라스 발치를 돌아다니기도 했다. 그러다가 갑자기 그는 수녀를 닮은 자매들이 가정 교사를 대동하고 등장하는 모습을, 그리고 그들 뒤에 네 걸음 정도 뒤처져서 가로등 불빛을 받으며 걸어오는 타치오의 모습을 발견했다. 그들은 분명 어떤 연유로 시내에서 식사를 마치고, 잔교로부터 막 돌아오는 참인 듯했다. 바다 위에서는 아마도 약간 서늘했던 모양이었다. 타치오는 황금빛 단추가 달린 선원복 외투를 걸치고, 머리에는 꼭 맞는 모자를 쓰고 있었다. 태양과 바닷바람에 그을리지도 않았는지 그 아이의 피부는 처음 그대로 대리석 같은 상앗빛을 띠고 있었다. 더구나 서늘함 때문인지, 달빛처럼 희미한 가로등 불빛 때문인지 그 아이는 오늘따라 유독 더 창백해 보였다. 균형 잡힌 눈썹은 더욱 선명하게 두드러지고 두 눈은 그윽했다. 진정으로 그 아이는 형용할 수 없을 만큼 아름다웠다. 아셴바흐는 이미 여러 번 그랬듯이 고통을 느끼면서, 말이란 감각적 아름다움을 찬미할 수 있을 뿐 재현할 수는 없음을 통감했다.

그는 소년의 귀한 출현을 미리 보지 못했었다. 그 소년은 예기치 않게 나타났다. 아셴바흐에게는 자기 표정을 가다듬고 품위를 지킬 시간적 여유가 없었다. 사라진 줄 알고 안타까워하던 소년의 시선과 마주쳤을 때, 그의 시선 속에는 기쁨과 놀라움 그리고 경탄이 분명 어려 있었으리라. ── 그리고 그 순간 타치오가 미소 짓는, 그를 바라보고 미소 짓는 일이 일어났다. 말을 걸듯이 친근하고 사랑스럽게, 그리고 숨김없이 미소를 지어 보였는데, 이 순간에야 비로소 입술이 살며시 벌어졌다. 그것은 자기 모습을 반사하는 물 위로 몸을 숙이는 나르키소스의 미소요, 스스로의 영상을 향해서 팔을 뻗는, 오묘하게 매혹당한 미소였다. ── 아주 조금 일그러진 미소였는데, 자기 그림자의 아리따운 입술에 키스하려고 시도해 봤자 그럴 수 없음을 알기 때문에 일그러진, 요염하고 호기심에 들떠 있으면서도 약간 고통스러워하는, 매혹된 동시에 매혹하는 미소였다.

그 미소를 받은 사람은 마치 어떤 숙명적 선물이라도 받은 양, 그것을 가지고 황급히 자리를 떠나갔다. 그는 몹시 충격받아서 테라스와 앞뜰의 불빛으로부터 도망치지 않을 수 없었고, 걸음을 재촉하며 뒤쪽 공원의 어둠을 찾아갔다. 묘하게 분하면서도 애정 어린 경고의 소리가 그의 입에서 새어 나왔다. '넌 그런 식으로 미소 지어서는 안 된다! 듣거라, 아무에게도 그렇게 웃어 보여서는 안 된다!' 그는 벤치에 풀썩 주저앉아서, 제정신을 잃은 채 식물들이 뿜어내는 밤의 향기를 들이마셨다. 그는 등을 기댄 채 팔을 축 늘어뜨리고 압도된 모습으로, 그리고 여러 차례 발작적인 전율을 느끼면서, 변함없이 상투적인 동경의 밀어를 속삭였다. ── 이런 경우에 용인될 수 없고, 우스꽝스러운 데다 망발과 죄악에 가깝지만, 그래도 신성하고 역시 위엄 있는 그 상투적인 표현을! ── "널 사랑해!"

5

리도에서 체류한 지 사 주째가 되었을 무렵, 구스타프 폰 아셴바흐는 바깥세상에 관한 몇 가지 좋지 않은 기미를 감지했다. 첫째로, 그가 보기에 한창 휴가철인데도 호텔의 손님이 늘기는커녕 오히려 감소하고 있는 것 같았다. 특히 독일어는 그의 주변에서 씨가 마른 듯 아예 들리지조차 않았다. 마침내 식사할 때나 해변에서도 단지 낯선 말소리만이 그의 귀에 들려왔다. 그러던 어느 날, 이제 자주 드나들게 된 이발소에서 우연히 그를 의아하게 하는 한마디를 듣게 되었다. 이발사는 호텔에 잠시 머무르다가 방금 떠나 버린 어느 독일인 가족에 관한 얘기를, 수다와 아첨을 떨면서 덧붙였다. "선생님께서는 그냥 머물러 계시는군요. 선생님은 전염병이 겁나지 않으신가 봐요." 아셴바흐는 그를 쳐다보았다. "전염병이라니?" 하고 그는 되물었다. 수다쟁이 남자는 입을 다물었다. 그러고는 바쁜 듯이 움직이며, 그의 질문을 못 들은 체했다. 질문이 더 집요해지자 그 남자는 아무것도 모른다고 변명하며, 당황한 나머지 횡설수설하면서 화제를 바꾸려고 했다.

정오의 일이었다. 오후에 아셴바흐는 바람이 잦아들고 태양이 작열하는 때에 베네치아로 가는 배를 탔다. 왜냐하면 폴란드인 남매들을 따라가고자 하는 열렬한 소망이 그를 부추겼기 때문이었다. 조금 전에 그들이 잔교로 향하는 길목에 접어들고 있는 모습을 보았던 것이다. 아셴바흐는 자신의 우상을 산 마르코에서 발견하지 못했다. 그런데 광장의 그늘진 자리, 철제 원형 탁자 앞에 앉아서 차를 마시는데, 불현듯 그는 공기 중에서 이상한 향기를 맡았다. 그러고 보니 이 향기는 이미 며칠 전부터 그가 의식하지 못하는 사이에 그의 감각을 자극해 온 듯했다. 어떤 들큼한 약제 냄새 같았는데, 불행, 상처 그리고 수상쩍은 청결함을 연상시켰다. 그는 냄새를 맡으며, 그 정체가 무엇인지 곰곰이 생각해 보았다. 그는 가볍게 식사를 끝내고 광장을 떠나서 사원 맞은편으로 향했다. 좁은 골목으로 들어서자 냄새는 더욱 강해졌다. 길모퉁이에는 인쇄된 벽보들이 붙어 있었다. 요즘 날씨에 흔히 생기는 소화계통의 어떤 질병 때문에 주민들에게 굴과 조개를 먹지 말라고, 운하의 물도 조심하라고 경고하는 시정 당국의 공고문이었다. 그 공고가 심각한 사실을 미화하고 있음은 분명했다. 사람들은 침묵을 지키며 다리와 광장 위에 무리 지어 있었다. 이방인은 뭔가를 알아채고 골똘히 생각에 잠긴 채 그들 가운데 서 있었다.

산호를 꿴 공예품과 모조 자수정 장신구 사이에 기댄 채 아치형 문 안에 서 있는 한 상점 주인에게, 아셴바흐는 이 불길한 냄새의 정체를 설명해 달라고 요청했다. 그 남자는 힘겨운 눈빛으로 그를 가늠해 보더니, 재빨리 쾌활하게 반응했다. '일종의 예방책입죠, 선생님!' 그는 과장된 몸짓을 섞어 가며 대답했다. '경찰의 마땅한 조치입니다. 이런 날씨는 답답한 데다가, 시로코 열풍 또한 건강에 좋지 않으니까요. 요컨대, 이해해 주셔야지요. 아마 지나치게 조심하는 것일 수도 있고…….' 아셴바흐는 그 사람에게 고맙다고 전하고서 계속 걸어갔다. 자신을 싣고 리도로 되돌아가는 배에서도 아셴바흐는 이제 방역 소독약의 냄새를 맡았다.

그는 호텔로 돌아와, 홀에 있는 신문 열람 탁자에서 신문을 훑어보았다. 그는 외국어로 된 신문들을 하나도 발견하지 못했다. 이탈리아의 신문들은 불확실한 숫자를 제시할 뿐이었고, 당국의 왜곡된 입장을 그대로 보도해서 진실성이 의심스러웠다. 독일과 오스트리아의 신문들도 비슷하게 설명하고 있었다. 다른 나라의 사람들은 분명 아무것도 모르고, 아무 눈치조차 못 챈 채 아직 불안해하지 않는 모양이었다. '숨기려고 하는구나!' 하고 아셴바흐는 흥분해서 마음속으로 뇌까렸다. 그러면서 신문들을 탁자 위에 도로 집어 던졌다. '중대한 문제를 발표하지 않고 숨기려 하다니!' 그러나 동시에 그의 마음은 외부 세계의 낯선 모험적 상황에 충분히 만족하고 있었다. 왜냐하면 일상의 확고한 질서와 안녕은 범죄에 적합하지 않듯이, 정열에도 어울리지 않았기 때문이다. 즉, 시민적 사회의 와해, 세상의 온갖 혼란과 재난은 정열한테 환영할 만한 일임에 틀림없으니까. 그러니까 정열은 재난 덕분에 이익을 취하리라 막연하게나마 희망할 수 있었다. 그래서 아셴바흐는 베네치아의 더러운 골목길에서 목격한 당국의 엉터리 조치에 대해 은밀한 만족감을 느꼈다. 그 자신의 가장 내밀한 비밀과 융화한 이 도시의 사악한 비밀! 그 비밀을 지키기란 그에게도 매우 중요한 관심거리였다. 왜냐하면 사랑에 빠진 아셴바흐

는 혹시 타치오가 떠나 버릴지 모른다는 사실 이외에는 아무
것도 걱정하지 않았기 때문이었다. 만일 그런 일이 일어난다
면 자기는 더 이상 살아갈 수 없으리라는 사실을 인식했음에
도 그는 별로 놀라지 않았다.

　이제 그는 아름다운 소년을 가까이 두고 지켜볼 수 있음
을 일상의 흐름과 행운의 덕으로 여기며 그저 만족하고 있을
수 없었다. 그는 소년을 뒤쫓아 다니기도 하고, 미행하기조차
했다. 폴란드인들은 일요일에 단 한 번도 해변에 나타나지 않
았다. 그는 그들이 예배에 참석하러 산 마르코 광장으로 갔으
리라 짐작하고, 서둘러 그곳으로 향했다. 그리고 광장의 이글
대는 열기 속을 빠져나와서, 성전의 가물거리는 황금빛 어둠
속으로 들어갔다. 그는 그리움에 젖어, 기도용 탁자 위에 몸을
숙인 채 예배드리는 소년을 발견했다. 아셴바흐는 맨 뒤쪽, 금
이 간 모자이크 바닥 위에 섰다. 무릎을 꿇은 채 중얼거리며
성호를 긋는 사람들 한가운데에서, 동양적 사원의 절제된 화
려함이 그의 감각을 온통 짓눌렀다. 앞쪽에서는 화려한 장식
을 두른 신부가 걸어 다니며 무슨 의식을 올리거나 노래를 부
르기도 했다. 피어오르는 향의 연기가 제단 촛불의 힘없는 불
꽃을 흐릿하게 감쌌다. 아련하고 들큼한 제물의 향기 속에는
어떤 냄새가, 즉 병든 도시의 냄새가 약간 섞여 있는 듯했다.
아셴바흐는 흐릿한 공간과 반짝이는 불꽃 사이로, 아름다운
소년이 저 앞쪽에서 고개를 뒤로 돌린 채 그를 찾거나 보고 있
음을 알게 되었다.

　그 뒤 사람들이 열린 정문 입구를 지나서, 비둘기가 떼 지
어 있는 환한 광장으로 물밀듯 몰려나왔다. 그때 매혹당한 아
셴바흐는 현관 앞 공간의 은밀한 자리에 몸을 숨기고 몰래 훔

처보았다. 폴란드인들이 교회를 떠나는 모습을 지켜보고, 남매들이 격식 있게 어머니와 작별 인사를 나누는 광경과, 그녀가 되돌아가고자 작은 광장 쪽으로 몸을 돌리는 모습을 바라보았다. 그리고 아름다운 소년과 수녀 같은 누나들과 가정 교사가 오른쪽, 시계탑 아래 성문을 통과해서 잡화상 거리 쪽으로 접어드는 모습을 확인하였다. 그는 그들이 어느 정도 앞서 가도록 내버려 둔 다음, 잠자코 따라갔다. 베네치아 시가를 두루 산책하는 그들을 남몰래 뒤따랐던 것이다. 그들이 잠시 머뭇거리면 그도 멈춰 서지 않을 수 없었고, 그들이 길을 되돌아와서 지나갈 때면 음식점이나 뜰 안으로 급히 피해야 했다. 그런데 그는 그들을 놓쳐 버렸다. 그러다가 그는 열이 나고 지칠 대로 지쳤을 무렵 다리 위, 더러운 뒷골목에서 그들을 찾아냈다. 비켜 갈 수 없는 좁은 통로에서 별안간 그들과 맞닥뜨리면 그는 지독한 고통의 순간을 참고 견뎌야 했다. 그렇다고 그가 괴롭기만 했다고는 말할 수 없다. 그의 머리와 가슴은 도취되어 있었다. 그의 발걸음은 인간의 이성과 위엄을 자기 발아래로 꿇어앉힘을 기꺼이 즐기는 악령의 지시를 따르고 있었다.

이윽고 타치오와 그 일행은 어디선가 곤돌라를 탔다. 그들이 배를 타는 동안, 우뚝 솟은 분수 옆에 몸을 숨기고 있던 아셴바흐는 그들이 물가를 떠나자마자 곧바로 그들의 행동을 따라 했다. 그는 다급하게 목소리를 낮추어 말하면서 사공에게 넉넉한 웃돈을 약속했다. 그러고는 방금 전에 저쪽 모퉁이를 돌아간 곤돌라를, 적당한 거리를 유지한 채 눈에 띄지 않게끔 따라가 달라고 부탁했다. 그랬더니 흉계를 꾸미는 악당의 교활한 제안이라도 받은 양, 사공은 그에게 똑같은 말투로 그러겠다고 약속했다. 그가 원하는 대로 성심성의껏 맡은 일을 수행하겠다고 말이다. 그때 아셴바흐의 마음은 설렜다.

　그는 부드러운 까만색 쿠션에 기댄 채 물 위로 미끄러져 갔다. 그렇게 흔들거리는 배를 타고, 뱃머리가 뾰족한 시커먼 다른 조각배를 뒤쫓아 갔다. 그 배의 흔적을 따라가고 있노라니 열정이 그를 엄습하였다. 이따금씩 그 조각배가 시야에서 사라지면 그는 걱정하고 불안해했다. 하지만 곤돌라 사공은 그런 일에 숙달된 듯, 연신 교묘하게 배를 몰았다. 재빠르게 가로지르거나 지름길을 이용해서 애타도록 그리운 소년을 다시 그의 눈앞에 대령했다. 잔잔하게 불어오는 바람은 어떤 냄새를 머금고 있었다. 태양은 회색빛으로 물든 흐릿한 대기 사이로 무겁게 내리비치고 있었다. 물결은 나무와 돌에 부딪히며 찰랑거렸다. 어떻게 들으면 경고 같고 어떻게 들으면 인사 같은, 앞선 곤돌라 사공의 외침이 미로 형태의 고요한 운하로부터, 묘한 합의라도 한 듯이, 아득히 들려왔다. 높은 곳에 자리한 조그마한 정원에는 흰색과 자주색의 산형 화서 꽃송이들이 아몬드 향기를 내뿜으며 허물어져 가는 외벽 너머로 늘어져 있었다. 아라비아식 창틀은 흐릿한 공기 속에서 윤곽을 드러내 보였고, 교회의 대리석 계단은 물결 너머로 솟아 있었다. 거기에는 거지 하나가 쪼그리고 앉아 자신의 비참함을 호소하면서 모자를 내민 채 장님처럼 눈의 흰자위를 희번덕거렸다. 한 고물상 상인은 지저분한 가게 앞에서 어떻게든 아셴바흐를 속여 먹을 심산으로, 그에게 한번 둘러보라고 아첨 섞인 몸짓을 하며 간청했다. 이것이 베네치아였다. 아첨을 잘하는, 도무지 신뢰하기 어려운 미인 같은 도시. 어쩌면 동화 같고, 어쩌면 나그네를 유혹하는 함정 같은 도시. 이 도시의 썩어 가는 공기 속에서 한때 예술이 향락적으로 번성했던 것이다. 이 도시는 자장가를 불러 주듯 유혹적인 선율을 음악가들에게 들려주었다. 모험을 하는 아셴바흐에게도 왠지 그러한 풍요가 보이는 것 같고 그와 같은 멜로디가 들리는 듯했다. 이 도시의 진실이 병든 탐욕 탓에 비밀에 부쳐지고 있다는 생각이 떠올랐다. 그러자 그는 더욱 조바심이 나서 앞쪽으로 떠가는 곤돌라를 살펴보았다.

혼란해진 아셴바흐는 자기 감정에 불을 지른 그 대상을 끊임없이 뒤쫓아가는 일만을 생각했다. 그리고 그 소년이 없으면, 연인들이 꿈꾸는 대로 상대의 단순한 그림자에조차 애정 가득한 말들을 전하는 것, 그 일 이외에는 아무것도 알지 못하고, 알려고 하지도 않았다. 고독, 낯섦 그리고 노년의 깊은 도취에서 비롯한 행복감은 그를 고무시켰고, 지극히 놀라운 행동마저 아무 주저 없이, 얼굴을 붉히지도 않고 해내도록 설득했다. 도대체 어떻게 그런 일이 일어났는지. 그는 저녁 늦게 베네치아에서 돌아오는 길에, 호텔 2층에 위치한 아름다운 소년의 객실 앞에 멈춰 섰다. 완전히 도취되어 이마를 문손잡이에 기대고는 거기서 한참 동안 떠날 줄 몰랐다. 그런 정신 나간 상태를 누군가에게 발각당해서 곤욕을 치를지도 모르는 위험을 무릅쓰고 말이다.

아무리 그래도 마음이 가라앉고, 의식이 반쯤 깨어나는 순간이 아예 없지는 않았다. 그는 몹시 당황해서 '어떻게 된 거지!'라고 마음속으로 생각했다. '대체 어떻게 된 거야!' 자연스러운 업적들로 혈통에 대해 귀족적 관심을 가지게 되는 모든 사람들과 마찬가지로, 그가 위업을 이루고 성공할 때, 그는 조상을 생각하며 그들의 갈채와 만족감 그리고 어김없는 존중을 정신적으로 재확인하곤 했다. 그는 지금 여기에서도 그들을 생각했다. 허용할 수 없는 어떤 체험 속에 얽혀 든 채, 너무나 기묘한 감정의 방종에 빠져 있으면서도, 그들의 엄격한 태도와 점잖은 남성성을 추모했다. 그러자 우울한 미소가 흘러나왔다. 그들은 뭐라고 말할까? 도대체 그들이라면 당신들 삶에서 빗나가고 타락하기까지 한 예술가의 일생에 대해서, 예술의 마력 속에 빠져 버린 이런 삶에 대해서 뭐라고 말할 것인가! 그는 언젠가 직접 그런 삶에 대해, 조상들의 시민적 윤리에 입각해서 보자면 너무도 가소로운 애송이의 견해를 내놓은 적이 있었다. 그의 삶은 근본적으로 그들의 삶과 아주 유사했다. 그도 소임을 다했다. 조상들 중 몇몇과 마찬가지로, 그 역시 군인이 되고 전사도 되었다. 왜냐하면 예술이란 전투이기 때문이었다. 오늘날에는 더 이상 쓸모없어져 버린 일종의 소모적 전투 말이다. 극기와 불굴의 삶, 혹독하고 단호하며 절제하는 삶. 그는 그것을 시대에 걸맞은 매력적인 영웅 정신의 상징으로 형상화했다. 아마도 그는 스스로의 성취를 남자답다거나 투철하다고 부를 수 있었으리라. 그리고 그를 사로잡은 사랑의 신, 에로스는 특히 어떤 식으로든 그런 삶에 적합하고 애착을 지니고 있는 듯 여겨졌다. 실제로 그 신은 아주 용감한 사람들한테서 특별히 존경받지 않았던가? 심지어 용맹함 때문에 그들 도시에서 환영받지 않았던가? 옛날의 수많은 용사들은 에로스의 멍에를 기꺼이 짊어졌다. 왜냐하면 에로스가 내리는 굴욕은 전혀 굴욕으로 여겨지지 않았기 때문이었다. 그리고 다른 목적으로 그랬더라면 비겁함의 표징으로서 힐난받았을지 모르는 행동들, 예컨대 무릎 꿇거나 서약하거나 애원하는 그 어떤 비굴한 행위조차 사랑하는 이에게는 치욕이 아니었다. 오히려 그렇게 함으로써 찬사를 받았다.

현혹된 사람, 아셴바흐의 사고방식은 그러했다. 그렇게 버티면서 그는 자기 품위를 유지하려고 했다. 그러나 그는 베네치아의 불미스러운 사건에 대해 쉴 새 없이 탐색했고, 끈기 있게 주의력을 기울였다. 그러한 외적 모험은 그의 마음속 모험과 은밀하게 합류했으며, 또 그 모험은 그의 열정에 막연한 금단의 희망을 주면서 점점 키워 내고 있었다. 전염병의 새롭고 확실한 현황을 알아내는 데에 온통 정신이 팔린 아셴바흐는 시내의 커피숍에서 이탈리아 신문들을 샅샅이 찾아보았다. 이미 여러 날 전부터 호텔의 신문들은 사라져 버렸기 때문이었다. 신문에서는 주장과 반박이 엇갈리고 있었다. 발병 건수가 20건, 30건, 아니 어쩌면 100건…… 그 이상일지도 모른다고들 했다. 분명하지는 않지만 전염병의 발생은 아주 드문 일이며, 외부에서 유입된 탓이라고 했다. 이탈리아 당국의 위험스러운 조치에 대해 경각심을 불러일으킬 만한 우려와 항의가 여기저기 끼여 있었다. 확실한 정보는 끝내 알아낼 수 없었다.

그럼에도 불구하고 고독한 남자는 자신에게 그 비밀을 알아야만 하는 특별한 권리가 있다고 여겼다. 진실을 알 수 없었음에도 말이다. 대답하기 곤란한 질문으로 사실을 아는 사람들을 공격하고, 입을 다물기로 합의한 상대로 하여금 뻔한 거짓말을 하도록 강요하는 것에 대해 그는 야릇한 만족감을 느꼈다. 하루는 식당에서 아침 식사를 하던 중에, 그는 그런 식으로 지배인에게 해명을 요구했다. 키가 작고 프랑스식 프록코트를 입은 채 남의 눈에 잘 띄지 않게 살살 돌아다니는 그 남자는, 식사를 하는 손님들 사이로 인사를 건네거나 이런저런 감독을 하곤 했다. 그러다가 마침 몇 마디 잡담을 나누고자 아셴바흐의 식탁 옆에 멈춰 서게 된 것이었다. "대체 어째서," 하고 아셴바흐는 지나가는 투로 무심하게 물었다. "도대체 왜, 당국은 얼마 전부터 베네치아를 소독하고 있지요?", "그건 말입니다." 하고 살살 걸어 다니는 그 남자가 대답했다. ──"경찰 당국의 조치입니다. 그렇지요, 무덥고 예외적인 고온의 날씨 때문에 발생할 수도 있는 공중 보건상의 모든 폐해를 제때에 막아 보려는 것이겠지요." ──"칭찬받을 만한 경찰이군요." 하고 아셴바흐는 대꾸했다. 이어서 기상에 관한 몇 가지 견해들을 주고받은 뒤에 지배인은 인사를 하며 물러갔다.

같은 날 저녁, 만찬을 마친 뒤에 시내에서 방문한 거리 가수들 한패가 호텔 앞뜰에서 공연을 하였다. 남자 둘에 여자 둘로 구성된 그들은, 가로등의 쇠기둥 옆에 서서 불빛을 받아 허옇게 비치는 얼굴을 쳐들고, 대형 테라스 쪽을 쳐다보고 있었다. 그곳에서는 손님 여럿이 커피나 시원한 음료수를 마시며 그들의 속된 공연을 지켜보고 있었다. 호텔 직원과 승강기 안내원, 웨이터 그리고 사무실 직원까지, 홀 쪽으로 통하는 문 옆에 모여서 귀를 기울이고 들었다. 러시아인 가족은 한껏 들떠 즐겼다. 그들은 등나무 의자를 뜰로 옮기며 공연하는 사람들한테 좀 더 가까이 다가갔다. 그러고는 흐뭇하게 반원형 대열로 앉아 있었다. 그들 뒤에는 터번 모양의 두건을 쓴 늙은 하인 여자가 서 있었다.

구걸하는 악사들은 만돌린, 기타, 하모니카 그리고 아름다운 선율을 빚어내는 바이올린 따위를 연주하고 있었다. 악기의 선율 사이로 노랫소리가 들려왔다. 날카롭고 찢어지는 목소리를 가진 젊은 여자 가수가, 달콤한 가성으로 노래하는 테너 가수와 함께 열렬한 사랑의 듀엣을 불렀다. 하지만 그 패거리의 진짜 재주꾼이자 우두머리로서 확실한 솜씨를 보여 준 사람은 다른 남자 가수였다. 그는 기타를 들고 있었다. 일종의 희가극 바리톤 가수 같았으나 거의 목소리를 내지 않았다. 그렇지만 흉내 내는 데 재능이 있고 상당히 익살맞았다. 여러 차례 그는 커다란 악기를 부둥켜안고 가수 무리에서 빠져나오더니 요란한 몸짓을 해 보이며 무대 앞자리로 나왔다. 사람들은 그의 우스꽝스러운 행동에 보답하듯 한바탕 유쾌하게 웃어 주었다. 특히 앞쪽에 바짝 다가가 앉은 러시아 사람들은, 그러한 남국의 열정에 매혹당한 모습이었다. 그들은 박수갈채와 환호를 보내며, 그가 한층 더 대담하고 한층 더 확신에 차서 연기하도록 부추겼다.

아셴바흐는 테라스 난간 옆에 앉아 있었는데, 석류 주스와 소다수를 혼합한 음료수로 이따금 입술을 식히곤 했다. 그 음료수는 유리잔 속에서 불타는 듯한 홍옥빛을 띠고 있었다. 그의 두뇌는 시시한 소리들, 천박하고 애달픈 멜로디를 탐욕적으로 듣고 있었다. 왜냐하면 정열은 까다로운 감각을 마비시키고, 냉철함을 재치 있고 유머러스하게 받아들이거나 단호히 거부하는 자극적인 힘과 아주 진지하게 관계 맺기 때문이다. 그의 표정은 어릿광대짓을 하는 남자의 곡예 때문에 벌써 굳어서 괴로운 빛이 도는 미소로 일그러져 있었다. 그는 느긋한 체하며 거기에 앉아 있는 동안에도 극도의 주의력 때문에 내면이 팽팽하게 긴장되어 있었다. 그 까닭은 그와 여섯 걸음 정도 떨어진 곳에, 타치오가 돌난간에 기댄 채 서 있었기 때문이었다.

타치오는 만찬 때에 종종 입던, 허리띠를 매는 하얀색 정장을 차려입고, 피할 수 없는 타고난 우아함을 드러내며 그곳에 서 있었다. 왼쪽 팔을 가슴 위에 올려놓고 두 발을 꼰 채 오른손은 허리에 받치고 있었다. 얼굴에는 미소의 흔적이 없었다. 단지 아련한 호기심에 불과한, 공손한 응대의 표정으로 떠돌이 가수들을 내려다보고 있었다. 간혹 고개를 들어서 똑바로 쳐다보다가 시선을 거두기도 했다. 그러고는 가슴을 쫙펴고, 두 팔로 가죽 허리띠를 두른 하얀 윗도리를 아래쪽으로 끌어당기곤 했는데, 그 동작이 아름다웠다. 그런데 늙어 가는 예술가는 이따금 어떤 사실을 알아차리고 승리감과 함께 이성의 현기증을 느꼈다. 아니, 놀라기도 했다. 소년은 머뭇거리며 조심스럽게, 마치 어떤 기습적 행동처럼 빠르고 갑작스럽게 머리를 왼쪽 어깨 너머로 돌리더니 자기를 사랑하는 사람의 자리 쪽을 돌아보는 것이었다. 그 아이는 자신을 사랑하는 사람과 눈을 마주치지는 않았다. 왜냐하면 소심한 염려 때문에 혼란해진 아셴바흐가 스스로의 시선을 불안하게 억제하고 있었기 때문이었다. 테라스 뒤쪽에는 타치오를 보호하는 여자들이 앉아 있었다. 사랑에 빠진 늙은이는 혹시 눈에 띄거나 의심받을까 봐 두렵기까지 했다. 정말 여러 차례, 해변이나 호텔의 홀 내부, 산 마르코 광장 등지에서 그들이 타치오를 불러들이며 자기로부터 떼어 놓으려 하는 듯한 낌새를 분명하게 알아차렸다. 그럴 때면 그는 여러 번 몸이 뻣뻣이 굳어 버리는 기분이었다. 어떤 끔찍한 모욕감이 생겨나지 않을 수 없었다. 그러면 그의 자존심이 알 수 없는 고통으로 변해서 얼른 떨쳐 버리려고 애썼지만, 그의 양심은 그것을 허락하지 않았다.

그사이에 기타를 든 남자는 자기 반주에 맞춰 이탈리아

전역에서 한창 유행하는 여러 절로 이뤄진 노래를 혼자 부르기 시작했다. 그는 구성지고도 극적으로 노래를 부를 줄 알았다. 후렴 부분에 이르자 그의 패거리가 노래를 거들고 모든 악기를 연주하며 끼어들었다. 그 남자 가수는 가냘픈 몸매에 얼굴이 수척한 데다 병색마저 있는 듯했다. 그는 자기 패거리와 떨어져서 낡은 펠트모자를 목덜미까지 눌러쓰고 서 있었다. 그래서 모자 아래쪽으로 한 다발의 빨간 머리카락이 삐져나와 있었다. 자갈밭 위에 선 그의 태도는 뻔뻔스러우리만큼 대담했다. 그는 현의 요란한 소리에 맞춰 강렬한 서창(敍唱)으로 위쪽 테라스를 향해서 익살을 떨어 댔다. 기량을 뽐내기에 앞서 그의 이마 위로 혈관이 불거져 나왔다.

그는 베네치아 사람 같지 않았다. 오히려 나폴리의 익살꾼처럼 보이는 사람으로서 어찌 보면 사창가의 호객꾼 같고, 또 달리 보면 희극 배우 같기도 했다. 아무튼 난폭하고 대담하며, 위협적이면서도 쾌활했다. 그는 노래하면서 가사의 내용대로 멍청하고 은근하게 입 표정, 또는 몸짓으로 연기를 하거나 점잖지 못하게 혀를 입언저리에 대고 놀렸다. 그는 약간의 외설스러움과 왠지 모를 불쾌감을 불러일으켰다. 도시인처럼 빼입은 스포츠 셔츠의 부드러운 칼라 위로 수척한 모가지가 삐죽 솟아 있었다. 목에는 눈에 띄게 커다랗고 밋밋하게 드러난 목젖이 있었다. 그의 얼굴엔 수염이 없어서 나이를 가늠하기 힘들었다. 납작코를 가진 창백한 얼굴은 잦은 찡그림과 나쁜 습관 탓에 주름이 파인 듯했다. 특히나 입을 벌려서 히죽이 웃으면 그의 불그스레한 양미간 사이에 팬 두 개의 깊은 주름은 서로 맞닿을 것 같았다. 그 주름은 고집스럽고도 교만하며, 거의 사나운 모양새였다. 그런데 고독한 예술가의 주의가 그 남자 가수에게로 향하게 된 데에는 사실 이유가 있었다. 그는 의심스러운 인물이 역시 의심스러운 분위기로 공연을 이끌어 가고 있음을 알아차렸기 때문이다. 그 남자 가수는 매번 후렴을 반복할 때마다 익살스러운 표정을 짓고 손을 흔들어 인사 하면서, 해괴한 모습으로 원을 그리며 달렸다. 그는 아셴바흐 의 자리 바로 아래쪽으로 지나갔다. 그때마다 그의 옷과 몸에 서 강한 페놀 냄새를 함유한 지독한 가스가 테라스 위쪽까지 치솟아 올랐다.

마지막 노래를 마치고 나서 그는 돈을 거두기 시작했다. 맨 먼저 기꺼이 돈을 내놓은 러시아인 가족들부터 시작해서 차츰 계단으로 올라왔다. 공연 때는 너무도 뻔뻔스럽게 행동 하던 그가 계단 위쪽에서는 너무나도 겸손한 모습을 보였다. 그는 굽실거리며 발을 뒤로 빼고 몸을 숙여서 인사했다. 그러 고는 탁자 사이를 여기저기 가만가만 돌아다녔다. 그는 음험 함이 서린 공손한 미소를 지으며 옹골찬 치아를 드러냈다. 그 러는 사이에도 그의 불그스레한 양미간 사이에 팬 두 개의 깊 은 주름은 위협적이었다. 손님들은 그 이상한 사람, 즉 생계 비를 끌어모으는 그의 모습을 호기심과 더불어, 어느 정도의 꺼림칙함을 가지고 유심히 쳐다보았다. 그리고 손가락 끝으 로 그의 펠트모자 속에 동전을 던져 주면서 혹여 거기에 닿을 까 봐 조심했다. 익살꾼과 점잖은 손님들 사이에 물리적 거리 가 사라지면 더 즐거워질 테지만 분명 당혹스러움도 드리우 리라. 가수 역시 그 점을 느꼈는지 아부하면서 양해를 구했다. 그러고는 아셴바흐한테 다가왔다. 바로 그 순간 어느 누구도 염두에 두지 않았을 어떤 냄새가 풍겨 왔다.

"여보시오." 하고 고독한 아셴바흐는 마음을 가다듬으며 거의 기계적으로 말했다. "베네치아를 온통 소독하고 있던데, 왜 그런 거요?"——익살꾼 남자는 쉰 목소리로 대답했다. "경찰 때문이지요! 그건 명령입니다, 선생님. 날씨가 이렇게 무덥고 시로코가 불어오니까요. 시로코는 정말 후텁지근한 바람입니다. 건강에도 좋지 않고 말이지요……." 그는 이런 질문을 한다는 게 의아스러운 듯 대꾸하더니, 시로코가 얼마나 무더운 바람인지 손을 쫙 펴 보였다. "그러니까 베네치아에 나쁜 병이 돌고 있지 않다는 말인가요?" 하고 아셴바흐는 아주 나지막한 목소리로, 거의 속삭이듯 물었다. 근육이 잘 발달된 익살꾼의 얼굴은 어쩔 줄 몰라 하더니 곧 우스꽝스럽게 일그러졌다. "나쁜 병이라뇨? 무슨 나쁜 병 말인가요? 시로코가 나쁜 병인가요? 아니면 우리 경찰이 나쁜 병이라는 말씀인가요? 농담을 좋아하시나 봅니다! 나쁜 병이라니, 말도 안 돼요! 그냥 예방책일 뿐이지요! 후텁지근한 날씨의 여파에 대비한 경찰의 조치 말입니다……." 그 남자는 과장된 손동작을 해 보였다.——"좋아요." 아셴바흐는 다시금 짤막하게 낮은 소리로 말했다. 그러고는 당치도 않은 많은 동전을 재빨리 모자 속에 던져 넣었다. 이어서 그는 그 남자에게 물러가라는 눈짓을 했다. 그 남자는 히죽이 웃더니 절을 하며 순순히 따랐다. 한데 그가 계단에 채 다다르기도 전에 호텔 직원 둘이 그에게로 달려들더니, 그의 얼굴에 바짝 들이대고 작은 소리로 꾸짖었다. 그는 어깨를 움찔하며 비밀을 누설하지 않았노라 확언하고 맹세했다. 손님들은 그 모습을 지켜보고 있었다. 그들에게서 풀려난 익살꾼은 정원으로 되돌아갔다. 그리고 가로등 아래에서 자기 패거리와 간단히 약속하더니 감사와 작별의 노래를 부르고자 또 한 번 앞으로 걸어 나왔다.

그 노래는 고독한 아셴바흐가 이제껏 한 번도 들어 본 적이 없는 저질 유행가로, 도무지 알아들을 수 없는 사투리 가사였다. 그리고 후렴은 아예 웃음으로 채워져 있었다. 단원들은 후렴 부분에서 규칙적으로 목청껏 큰 소리를 내며 끼어들었다. 이때 악기 반주는 물론이고 노랫말도 그쳤다. 오로지 리듬 있게 정돈된, 그러면서도 아주 자연스럽게 표현된 웃음만이 남았다. 특히 남자 가수는 상당한 재간을 부리며 지극히 현혹적인 웃음을 만들어 냈다. 그는 자신과 손님들 사이에 다시 예술적 거리감이 확보되자, 완전히 대담해졌다. 뻔뻔스럽게 테라스 쪽을 올려다보면서 던지는 그의 인위적 웃음은 분명 비웃음이었다. 후렴의 끝부분쯤에 이르자, 이제 그는 억제할 수 없는 욕망과 싸우고 있는 듯했다. 그는 흐느껴 울었고, 목소리마저 떨렸다. 그는 손을 입에 갖다 대고 어깨를 뒤틀었다. 바로 그 순간, 억누를 수 없는 엄청난 웃음이 그의 안에서 갑자기 터져 나왔다. 마치 울부짖듯이 요란한 웃음소리를 냈다. 그런데 아주 진정성 있는 웃음이었고, 결국 청중에게 전염되었다. 테라스 위쪽에도 구체적 대상 없이, 그냥 저절로 생겨난 유쾌한 웃음소리가 퍼졌다. 이것이 그 가수의 거리낌 없는 행동을 더욱 부추긴 듯했다. 그는 무릎을 굽히고 허벅지를 치며 배를 움켜잡고는 포복절도했다. 그는 더 이상 웃는 게 아니었다. 소리를 지르는 것이었다. 그는 저기 위쪽에서 웃고 있는 사람들보다 더 우스꽝스러운 것은 없다는 듯, 손가락으로 그쪽을 가리켜 보였다. 그러자 마침내 뜰과 베란다에 있던 모두가, 심지어 웨이터와 승강기 안내원 그리고 문간의 하인들까지도 웃어 댔다.

　아셴바흐는 더 이상 가만히 의자에 앉아 있을 수 없었다.

어떻게든 막아 보거나 도망가고자 엉거주춤 일어났다. 그러나 사방에서 터져 나오는 웃음소리와, 멀찍이 풍겨 오는 소독약 냄새 그리고 아름다운 소년과 가까이 있다는 사실이 그를 꿈같은 마력 속으로 얽혀 들게 했다. 그 마력은 그의 머리, 그의 감각을 어느 곳으로든 깨고 도망갈 수 없게끔 꼭 감싸고 있었다. 다들 웃느라 정신이 팔린 틈을 타서 그는 과감하게 타치오 쪽을 건너다보았다. 그런데 그 아름다운 소년도 아셴바흐의 시선을 마주 바라보며 마찬가지로 진지한 태도를 취하고 있음을 알게 되었다. 마치 그 소년은 자기 태도와 표정을 상대편의 얼굴에서 취하는 듯했다. 상대편 남자가 주변 분위기에서 벗어나 있듯이, 그 아이도 주위의 영향력을 전혀 받지 않는 모양이었다. 이처럼 어린애다운 암시적 순응은, 약간 무방비한 듯하면서도 압도적이었다. 그래서 머리가 하얗게 센 남자는 두 손으로 자기 얼굴을 숨기려다가 간신히 참았다. 그리고 그의 생각에, 이따금씩 타치오가 벌떡 일어나거나 심호흡하는 까닭은 탄식이나 가슴의 답답함 때문인 것 같았다. '저 애는 병약하다. 아마도 저 아이는 오래 살지 못할지도 몰라!' 이상하게도 도취와 동경이 가끔 해방될 때 생기는, 그러한 객관적 태도를 지닌 채 그는 다시 한 번 마음속으로 되뇌었다. 방탕한 만족감과 함께, 순수한 염려가 그의 마음을 가득 채우고 있었다.

그러는 사이에 베네치아의 악단은 공연을 끝마치고 물러가고 있었다. 박수갈채가 뒤따르자 우두머리는 한 번 더 익살을 부리며 마지막 퇴장을 장식하는 일을 빠뜨리지 않았다. 그가 발을 뒤로 빼고 고개 숙여 절하며 손으로 키스를 보내자 웃음이 터져 나왔다. 그 때문에 그는 또다시 똑같은 행동을 했다. 그의 패거리가 이미 멀리 떠난 뒤에도 그는 바깥쪽으로 달려가며 가로등 기둥에 부딪히는 시늉을 했고, 짐짓 고통스러움을 가장하면서 몸을 구부린 채 입구 쪽으로 비실비실 걸어갔다. 그는 마침내 거기에서 돌연 우스꽝스럽고 가련한 주인공으로서의 가면을 벗어 버렸다. 그다음 똑바로 일어서더니 펄쩍펄쩍 뛰면서 테라스 위쪽의 손님들을 향해 무례하게 헛바닥을 내밀었다. 그러고는 어둠 속으로 잽싸게 사라졌다. 해수욕 손님들은 하나둘씩 흩어지고, 타치오도 더 이상 기둥이 있는 난간 곁에 있지 않았다. 그러나 고독한 남자는 석류 주스를 탁자 위에 올려놓고 한참 더, 웨이터들이 의아하게 여길 만큼 오랫동안, 그저 앉아 있었다. 밤이 깊어 가고 시간은 흘러갔다. 여러 해 전에, 그의 양친 집에는 모래시계가 있었다. 별안간 그는 낡긴 했어도 의미 있는 그 물건이 바로 곁에 있는 것 같은 환상에 빠졌다. 적갈색으로 물들인 모래가 아무 소리 없이 섬세하게 좁은 유리관 사이로 빠져나가고, 위쪽의 모래가 거의 바닥나 갈 때면 그 오목한 자리에는 조그맣고 급격한 소용돌이가 생겼다.

이튿날 오후에 고집 센 남자, 아셴바흐는 외부 세계를 조사하고자 새로운 조치를 취했다. 이번에는 상당한 성과가 있었다. 그는 산 마르코 광장에 있는 영국 여행사의 창구에서 약간의 돈을 환전했다. 그러면서 자기를 응대하는 직원에게, 의심 많은 외국인의 표정을 띠고서 예의 난처한 질문을 던졌다. 그 영국인은 털옷을 입고 있었는데 아직 젊고, 가운데 가르마를 탄 머리에 미간이 좁았다. 그의 성격은 차분하고 성실했는데, 교활하고 약삭빠른 남국에서는 아주 보기 드문, 독특한 인상을 주었다. 그는 말을 꺼내기 시작했다. "염려할 필요는 없습니다, 선생님! 별 심각한 의미가 있는 조치는 아닙니다. 그런 명령은 자주 있지요. 무더위와 시로코 열풍이 시민들 건강에 해로운 영향을 미칠까 봐 미리 예방하려고 말입니다…….” 그런데 직원은 눈을 뜬 순간, 외국인의 눈길과 마주쳤다. 약간의 경멸을 띤 채, 자기 입술로 향한, 어딘가 지치고 좀 슬퍼 보이는 눈길과 마주친 것이다. 그러자 영국인 남자는 낯을 붉혔다. “그건 말입니다.” 하고 그는 나지막한 목소리로 약간의 동요를 드러내며 계속 이야기했다. “당국의 해명은 일단 그렇지요. 사람들이 요구하는 대로 최선의 답변을 주장하는 거 말입니다. 그 배후에 뭔가가 숨어 있다는 사실을 말씀드려야 할 것 같군요.” 그는 솔직하고 편안한 말투로 진상을 들려주었다.

　여러 해 전부터 인도의 콜레라가 갑자기 심하게 유행하곤 했다. 전염병은 갠지스 강 삼각주의 따뜻한 습지에서 생겨난 것이었다. 한데 감히 범접할 수 없는 엄청난 불모지, 그 원시림과 야생의 섬에서 — 그곳 대나무 숲에는 호랑이가 웅크리고 있다. — 독기를 품은 바람이 일더니 전염병은 북인도 전역으로 계속, 급격하게 번져 갔다. 그래서 동쪽으로는 중국, 서쪽으로는 아프가니스탄과 페르시아로 확산되었고, 대상(隊商)의 이동 경로를 따라서 지독한 참상이 남러시아의 아스트라한, 아니 더 나아가서 모스크바까지 퍼졌다. 그 요괴가 끝내 육로를 통해 쳐들어올까 봐 유럽은 벌벌 떨고 있었다. 그사이 전염병은 오히려 시리아의 상선을 타고 바다를 건너왔다. 급기야 지중해의 여러 항구에 거의 동시다발적으로 나타나고 말았다. 툴롱과 말라가에서 고개를 쳐들고, 팔레르모와 나폴리에서도 여러 차례 그 가면을 드러냈다. 심지어 칼라브리아와 폴리아에서는 좀체 물러날 기미조차 보이지 않았다. 하지만 이 반도의 북쪽은 아직 피해를 입지 않았다. 그러나 금년 5월 중순 무렵, 베네치아에서, 무려 같은 날에 병들어 검게 변한 부두 노동자와 채소 장수의 시체에서 그 끔찍한 병균이 발견되었다. 그 사건은 비밀에 부쳐졌다. 그런데 일주일이 지나자 10건은 20건이 되고, 20건은 30건이 되었다. 나중에는 여러 구역에서 걷잡을 수 없이 일어났다. 오스트리아에서 온 어떤 남자는 며칠 동안 베네치아에서 휴가를 즐기고 고향으로 돌아갔는데, 결국 모호한 증상을 보이다가 죽었다. 이 수상 도시에 얽힌 최초의 추문은 독일 일간지를 통해 알려지게 되었다. 베네치아 당국은 이 도시의 위생 상태가 더할 나위 없이 좋다고 대응했다. 그러고는 꼭 필요한 대비책이라며 소독을 실시했다. 벌써 채소와 고기, 우유 같은 음식물도 감염된 것 같았다. 왜냐하면 아무리 사실을 부정하고 숨겨도 죽음은 골목 구석구석에 만연했기 때문이었다. 게다가 때 이르게 들이닥친 여름 무더위가 운하의 물을 뜨뜻미지근하게 데우면서 콜레라는 더욱 활개 치게 되었다. 정말 전염병의 기세에 날개를 달아 준 것 같았고, 그 병원체의 생명력과 번식력마저 배가된 듯했다. 병을 회복하는 경우는 드물었다. 감염자의 100명 중 80명은 죽었다. 그것도 아주 끔찍하게. 왜냐하면 그 병은 아주 난폭하게 들이닥쳐서는 극도로 치명적인 '탈수증'을 동반했기 때문이었다. 이 상태에서는 몸이 혈관의 수분을 전혀 조절하지 못한다. 그러면 단 몇 시간 사이에 환자는 바싹 마르고 만다. 피가 역청처럼 끈적끈적해지고, 환자는 경련을 일으키며 새된 소리로 비명을 지르다가 질식해서 죽는다. 때로 그런 일도 생겼다. 가벼운 증세가 나타난 뒤에 깊은 혼수 상태로 빠져들면, 환자는 더 이상 정신을 차리기가 어려웠다.

6월 초순에 소리 소문도 없이, 시립 병원의 격리 병동은 이미 가득 찼고 두 곳의 고아원에 마련한 병상마저 모자라기 시작했다. 새로 건설한 부두와 공동묘지로 쓰이는 산 미켈레(San Michele) 섬 사이로 끔찍스러우리만큼 빈번히 배가 오갔다. 하지만 그보다 더 큰 피해를 입을지도 모른다는 두려움이 있었고, 최근 야외 공원에서 개최된 회화 전시회 역시 고려해야 했다. 그리고 그 엄청난 사태로 나쁜 소문이 일어난다면, 호텔과 상점들 그리고 각종 음식점들이 위협받을지도 몰랐다. 이 도시에서는 이런 암묵적 규율이 국제적 협정에 대한 신의와 존중보다 더 막강한 영향력을 행사함이 분명했다. 그리고 그것은 당국으로 하여금 은폐와 부인을 완강히 고수하도록 부추겼다. 베네치아의 고명한 보건부 장관은 이에 격분해서 아예 관직을 내놓고 물러났다. 그 자리는 아무도 모르게, 정책에 순응하는 인물로 대체되었다. 시민들은 그 사실을 알고 있었다. 정부의 부패는, 지배적 불안감과 만연한 죽음으로 말미암아 시민들의 도덕적 문란을 유발했다. 말하자면 미덕을 싫어하는 반사회적 충동이 자극되어서 무절제, 몰염치 그리고 점증하는 범죄 행위가 나타나기 시작했다. 저녁때는 예전과 달리 술 취한 사람들이 많이 보였다. 가령 음흉한 불량배가 밤거리를 불안하게 했고, 약탈과 살인 사건도 되풀이되었다. 전염병에 희생되었다고 알려진 사례 중에 오히려 친척들에게 독살당한 예도 두 건이나 밝혀졌다. 영업 행태 역시 추근추근하고 무분별한 양상을 띠었다. 이제껏 이곳에서는 전혀 찾아볼 수 없었고, 그저 이 나라의 남부와 동양에서 횡행하던 병폐였다.

그 영국인 남자는 이러한 얘기를 단호하게 들려주었다. "선생님께서는," 하고 그는 이어서 말했다. "하루라도 빨리, 오늘이라도 당장 떠나시는 편이 좋습니다. 머지않아 봉쇄령이 내려질 겁니다."——"감사합니다." 하고 아셴바흐는 인사를 건넨 뒤 여행사를 나왔다.

광장은 햇빛이 비치지 않는 후텁지근한 공기에 휩싸여 있었다. 아무것도 모르는 외국인들은 카페테라스에 앉아 있거나 비둘기들로 온통 뒤덮인 교회 앞에 서 있었다. 그들은 비둘기들이 떼를 지어 날개를 퍼덕이거나, 서로 밀쳐 대면서 오므린 손에 놓인 옥수수 낱알을 쪼아 먹는 모습을 지켜보고 있었다. 고독한 남자는 열에 달뜬 흥분 상태로 진실을 확보했다는 승리감에 도취되어서, 혓바닥 위에 감도는 구역감과 가슴속에 도사리는 무서운 공포를 느끼면서 포석이 깔린 호화로운 정원을 천천히 오르내렸다. 그는 상황을 깔끔하게 처리할 수 있는 점잖은 방법을 궁리해 보았다. 가령 오늘 저녁에라도 정찬을 마친 뒤, 진주 장식을 매단 부인에게 가까이 다가가서 한마디 붙일 수 있을 것이다.——"부인, 낯선 사람으로서 실례지만 당신께 충고, 아니 경고를 해 드려야겠습니다. 사리사욕 때문에 아직 당신께 알려지지 않은 정보가 있습니다. 여기를 떠나십시오. 타치오와 따님들을 데리고 당장 떠나십시오. 베네치아에는 전염병이 돌고 있습니다." 그러고 나서 그는 작별을 고하고자 냉소적인 신의 도구라고 할 수 있는 소년의 머리를 쓰다듬은 뒤, 얼른 돌아서서 이 수렁으로부터 도망쳐 버릴 수도 있으리라. 그러나 그는 자기가 진정으로 그러한 조치를 까마득하게 원하지 않는다는 사실 역시 느꼈다. 만약 이곳을 떠난다면 아마 스스로를 되찾고 본래의 자신에게로 되돌아갈 수 있을지도 모른다. 그러나 제정신이 아닌 사람만큼 원래의 자기에게로 되돌아가는 일을 더 싫어하는 자는 없다. 그는 석양빛에 반짝이는, 비문으로 장식된 하얀색 건축물을 떠올렸다. 그 비문의 투명한 신비 속으로 정신의 눈동자가 빠져들었던 것이다. 그때 산책하다가 마주친 기이한 남자가 늙어 가는 아셴바흐에게 멀리 낯선 곳으로 떠나기를 바랐던 젊은 날의 방일한 동경을 일깨워 주었다. 그는 집으로 돌아갈 생각, 분별 있고 냉정한 행동, 창조의 고통과 대가의 솜씨 따위를 떠올리다가 몹시 불쾌해져서 어디 아프기라도 한 듯 얼굴을 일그러뜨렸다. "아무 말도 하지 말아야지!" 하고 그는 격하게 속삭였다. "나는 입 다물고 있을 거야." 비밀을 알고 있다는 의식, 이를테면 공범 의식이 마치 약간의 포도주가 피곤한 뇌를 얼얼하게 하듯 그를 도취시켰다. 불행이 닥친 타락한 도시의 광경이 황폐해진 상태로 그의 정신 앞에 어른거리면서 마음속의 희망, 도저히 납득할 수 없고 심지어 이성의 영역을 넘어서는 엄청나게 달콤한 희망에 불을 붙였다. 방금 전에, 그가 한순간 꿈꾼 가녀린 행복은 이런 기대와 비교해 보자면 대체 그에게 무엇이라는 말인가? 혼돈의 매혹 앞에서 예술과 미덕이 이제 그에게 무슨 의미가 있는가? 그는 입을 다물고 계속 아무 말도 하지 않았다.

　이날 밤 그는 무서운 꿈을 꾸었다. 꿈을 구체적인 정신적 체험이라고 부를 수 있다면, 그는 이날 밤에 그것을 체험했다. 그 체험은 아주 깊은 잠 속에서, 그리고 완전히 독자적인 상황 속에서, 그리고 감각적으로 지각할 수 있는 현재의 사건으로서 나타났다. 그러나 그는 사건의 바깥 —— 단지 서 있거나 거닐면서 그 사건을 구경한 것은 아니었다. —— 에 있었는데, 실상 사건의 무대는 그의 영혼 자체였다. 그리하여 사건이 외부로부터 그의 영혼 안으로 치고 들어왔다. 그렇게 그의 저항을 ─ 심원한 정신적 저항을 ─ 강압적으로 굴복시키고는 영혼을 꿰뚫고 통과하면서 그의 존재, 그의 삶과 문화를 초토화하고 완전히 파멸시켰다.

그 꿈의 시작은 두려움이었다. 두려움과 기쁨이 찾아왔고, 앞으로 무슨 일이 생길까, 하는 무서운 호기심마저 들었다. 밤이 권능을 발휘하기 시작하자 그의 감각은 가만히 귀를 기울였다. 왜냐하면 멀리서부터 시끌벅적한 소리, 쿵쾅거리는 소음과 온갖 잡음이 뒤섞인 채 다가오고 있었기 때문이었다. 딸랑거림, 탕탕 치는 소리 그리고 귀를 먹먹하게 하는 천둥소리에, 찢기는 듯한 환성, 길게 빼는 '우(U)' 음으로 울부짖는 소리 ─ 이 모든 것들이 온통 뒤죽박죽되었다가 마치 비둘기처럼 낮은 소리로 구구 울어 대는, 극도로 집요한 피리 소리만이 남게 되었다. 오싹하게 감미로운 그 소리는 염치없이 마구 내면으로 파고들더니 오장육부까지 다 홀렸다. 막연하긴 했지만 그는 이것이 무엇인지 명명할 수 있는 한마디 말을 찾아냈다. ─ "낯선 신[17]이구나!" 자욱한 연기 속에 빨간 불꽃이 작열하고 있었다. 그때 그는 여름 별장 주변의 산악 지대와 비슷한 풍경을 보았다. 부서져 내리는 불빛 속에서, 숲으로 뒤덮인 언덕으로부터, 나무 밑동과 이끼 낀 바위의 잔해들 사이로 무엇인가가 요동치더니 빙빙 돌면서 우수수 떨어져 내렸다. 인간들, 동물들, 우글거리고 아우성치는 존재의 떼거리들이었다. 산비탈은 생명체와 화염, 소란과 비틀거리는 윤무로 넘쳐 나고 있었다. 여자들은 허리띠 아래로 길게 축 늘어진 모피

---

17 디오니소스를 가리킨다. 고대부터 디오니소스는 머나먼 동쪽, 인도에서 온 낯선 신으로 통했다.

옷에 걸려서 비틀거리며 신음을 토했다. 그리고는 고개를 뒤로 젖힌 채 탬버린을 마구 흔들어 댔다. 활활 타오르는 횃불과 날이 시퍼런 비수를 뒤흔들기도 했다. 급기야 혀를 날름거리는 뱀의 몸뚱어리를 꽉 붙잡고 있거나, 비명을 지르면서 두 손으로 자신들의 가슴을 부여잡기도 했다. 이마에 뿔이 달리고 허리에 모피를 둘렀으며, 몸에 털이 텁수룩한 남자들은 고개를 숙이고 팔과 허벅지를 들어 올리며 놋쇠 징을 둥둥 치거나 격렬하게 북을 두드렸다. 그사이 수염 없는 소년들이 이파리 달린 나뭇가지로 숫염소들을 몰고 있었다. 염소의 뿔을 꼭 붙들고, 염소들이 펄쩍펄쩍 뛰는 대로 환호성을 지르며 끌려가는 이들도 있었다. 열광한 사람들은 부드러운 자음과 마지막을 길게 빼는 '우' 음으로 고함을 지르면서 울부짖고 있었다. 그것은 이제까지 한 번도 들어 본 적 없는, 달콤하면서도 야만적인 소리였다. 그 소리가 이쪽에서 사슴의 울부짖음같이 공중으로 퍼져 나가면, 저쪽에서 엄청난 승리감에 도취한 듯 여럿이서 그 소리에 화답했다. 그들은 서로를 쫓아다니고 사지를 내던지듯 춤을 추면서도 그칠 줄 모르고 연신 울부짖어 대는 것이었다. 그러나 그 모든 광란을 줄곧 관통하면서 지배하는 소리는, 사람의 마음을 홀리는 그 은은한 피리 소리였다. 그 소리는, 내켜 하지 않으면서도 체험하고 있는 그를, 파렴치하고 집요하게, 그 지독한 희생의 무절제한 축제 속으로 유인하고 있지 않은가? 그의 혐오감과 공포감은 증폭됐다. 낯선 신, 이성적이고 위엄 있는 정신의 적에 대항해서 최후까지 스스로를 지키고자 애쓰는 그의 의지 역시 정직하였다. 그러나 산의 절벽에 부딪혀서 몇 배나 더 큰 메아리로 되울리는 그 시끄러운 소음, 그 울부짖는 소리는 차차 사방 천지를 다 장악하고 열광적 광기로까지 부풀어 올랐다. 탁한 증기가 감각을 짓눌렀다. 숫염소의 몸에서 풍기는 역한 냄새, 헐떡이는 육체들이 내뿜는 숨결, 썩은 물에서 진동하는 악취가 느껴졌다. 거기다가 또 하나의 다른 냄새, 그러니까 그가 익히 잘 아는 냄새까지 났는데, 상처와 만연한 전염병의 냄새였다. 북을 두드리는 소리와 함께 그의 심장이 둥둥 울리고 뇌는 빙빙 맴돌았다. 그는 정신을 잃었다. 현혹, 모든 것을 마비시키는 정욕이 그를 사로잡았다. 그의 영혼은 낯선 신의 윤무에 동참하기를 열망했다. 나무로 만든 거대하고 음탕한 상징물이 제막되어 높이 치켜세워졌다. 그러자 그들은 더욱 거칠게 구호를 외쳐 댔다. 그들은 입에 거품을 물고 호색한 동작과 외설적 손놀림으로 서로를 자극하며 웃어 대거나 신음을 토했다. 그러고는 가시가 달린 막대기로 서로의 몸을 쑤셔 대면서 사지에 묻은 피를 핥아 먹는 것이었다. 꿈을 꾸는 그 역시 이제 그들과 함께, 그들 속에 있었고 어느 사이엔가 낯선 신에게 속해 있었다. 아니, 정녕 그들은 바로 자신이었다. 그들이 살을 찢고 살육한 동물들 위로 몸을 던져서 김이 무럭무럭 피어오르는 고기 살점을 게걸스럽게 먹어 치울 때, 그리고 마구 짓밟힌 이끼 낀 땅 위에서 낯선 신에게 제물을 바치고자 한없는 혼음을 시작했을 때, 그들은 바로 자신이었다. 그리하여 그의 영혼은 파멸의 방탕과 광분을 맛보았다.

　　재앙을 맞닥뜨린 아셴바흐는 신경이 쇠잔하고, 완전히 녹초가 되고, 무기력하게 악마의 유혹에 빠져든 것 같은 기분으로 꿈에서 깨어났다. 그는 이제 더 이상 자신을 쳐다보는 사람들의 시선을 두려워하지 않았다. 그는 자기가 의심을 받든 말든 개의치 않았다. 또한 사람들 역시 거의 달아나듯이 떠나 버렸다. 해변의 많은 오두막들은 텅 비었고, 붐비던 식당도 제법 한산해졌다. 어느덧 이 도시에서 외국인들을 거의 찾아볼 수 없었다. 진실이 조금씩 누설되자 당국의 끈질긴 협잡에도 불구하고 더 이상 공포를 억누를 수 없었다. 그러나 진주 목걸이를 한 귀부인은 여전히 가족들과 함께 머물러 있었다. 소문을 아직 전해 듣지 못했거나 그녀의 자부심이 너무나 강하고 겁마저 없어서 소문에 굴복할 수 없었기 때문이리라. 따라서 타치오도 남아 있었다. 그리고 이제 아무 거리낌 없이 미소년의 주변을 맴도는 이 남자는 이따금씩, 마치 도망과 죽음이 모든 성가신 인간들을 내쫓아서 오로지 자기만이 아름다운 소년과 함께 이 섬에 머무를 수 있게 되었다고 생각했다. 오전에 바닷가에서 노골적이고도 무책임하게 곧장 소년을 바라보고 있을 때나, 해 질 녘이면 구역질 나는 시체가 몰래 운반되곤 하는 좁은 골목길을 따라 채신없이 소년의 뒤를 따라다닐 때면, 비밀에 부쳐진 그 엄청난 사건이 그에게는 뭔가 희망적인 계시인 양 느껴졌고, 도덕 법칙조차 금방이라도 무너질 듯 나약하게 여겨졌다. 사랑에 빠진 사람이라면 누구나 그러하듯 그도 호감을 얻기를 바랐으며, 그럴 수 없을까 봐 엄청나게 두려워했다. 그는 젊어 보이도록 자기 양복에다 가벼운 장신구와 보석을 달았고 향수까지 뿌렸으며, 하루에도 여러 차례 화장을 하느라고 많은 시간을 보냈다. 몸을 치장하고 흥분된 마음으로 긴장한 채 식탁에 나타났다. 그를 매혹한 귀여운 소년과 얼굴을 마주칠 때면 그는 스스로의 늙어 가는 육체가 역겹게 생각되었다. 자신의 희끗희끗한 머리카락과 날카로운 표정을 보노라면 그는 수치심과 절망감에 빠지곤 했다. 그는 몸을 산뜻하게 하고 다시 육체적 활기를 얻고자 하는 충동을 느꼈다.

그래서 그는 호텔 이발소를 자주 찾아갔다.

이발용 가운을 걸치고, 수다쟁이 이발사의 손에 몸단장을 맡긴 뒤 그는 의자에 기댄 채 고통스러운 시선으로 거울에 비친 자기 모습을 관찰하곤 했다.

"하얗게 세었군." 하고 그는 입을 일그러뜨리며 말했다.

"약간 세었네요." 하고 이발사가 대답했다. "말하자면 외모에 좀 소홀하셨던 탓이지요. 외적인 부분에 무관심하셨던 것입니다. 저명인사들은 종종 그러시지요. 이해할 수 있습니다만 무조건 칭찬할 일은 아니지요. 게다가 그런 분들일수록 자연스럽다느니, 인공적이라느니, 하는 편견에 어울리지 않으시기에 더욱더 신경 쓰셔야지요. 화장술을 반대하는 사람들의 도덕적 엄격성으로 미용을, 가령 치아 관리에까지 잣대를 들이댄다면, 분명 적잖은 반발을 불러일으킬 겁니다. 결국 나이는 우리의 정신과 마음이 어떻게 느끼느냐에 달려 있지요. 그렇다면 허옇게 센 머리를 그대로 두는 것이, 경우에 따라서는 염색으로 색깔을 바로잡는 것보다 더 심각한 거짓을 의미할 수도 있습니다. 선생님께도 본래의 자연스러운 머리 색깔을 요구할 권리가 있으십니다. 선생님의 머리카락을 원래 색깔로 간단히 되돌려 드려도 괜찮을지요?"

"어떻게 그런다는 말인가?" 하고 아셴바흐가 물었다.

수다스러운 이발사는 손님의 머리카락을 두 가지 약물로, 하나는 투명하고 또 하나는 검은 액체로 씻어 냈다. 그러자 그의 머리카락이 젊었을 때처럼 검어졌다. 게다가 이발사는 달군 인두로 머리카락을 부드럽게 말아 올렸다. 그러고는 뒤로 물러나서 자기가 손질한 머리 모양을 살펴보았다.

"자, 그러면 이제는," 하고 이발사가 말했다. "얼굴 피부만

약간 생기 있게 만들면 되겠습니다."

　그는 그만 그칠 줄도, 만족할 줄도 모르는 사람처럼 점점 더 부산을 떨며 갖가지 손질을 차례로 해 나갔다. 아셴바흐는 편한 자세로 가만히 앉은 채 차마 싫다고 거절하지 못했다. 오히려 그는 어떤 결과가 나올지 희망에 들뜬 기분으로 거울 속을 들여다보았다. 그의 눈썹은 보다 뚜렷하고 보다 고르게, 둥그스름한 모양을 이루었고, 눈꼬리도 다소 날렵하게 다듬었다. 눈두덩에는 아이섀도를 살짝 발라서 눈빛이 한결 돋보였다. 그는 연신 거울에 비친 모습을 들여다보았다. 갈색 가죽처럼 칙칙하던 피부는 가벼운 화장을 하고 연한 볼연지를 바르니 생기 있어 보였다. 조금 전까지만 해도 핏기 없이 창백하던 입술은 발그스레한 딸기처럼 부풀어 올랐다. 뺨과 입 주위에 깊게 팬 고랑과 눈가의 주름살은, 영양 크림을 바르자 사라져 버렸다. 그는 심장의 고동을 느끼며 다시 피어나는 청춘을 바라보고 있었다. 치장해 주던 남자는 드디어 만족스러워했다. 그러고는 여느 손님들한테 으레 그러듯이 아양을 떨며 공손하게 감사의 말을 전했다. "그저 조금만 꾸민 거지요." 그는 아셴바흐의 외모를 마지막으로 손질하며 말했다. "이제 선생님은 아무 염려 없이 사랑에 빠지셔도 됩니다." 매혹당한 남자 아셴바흐는 이발소를 걸어 나오며 꿈꾸듯 행복했으나 한편 혼란스럽고 두렵기도 했다. 그는 빨강 넥타이를 매고, 차양이 넓은 밀짚모자에는 갖가지 색깔의 리본을 달았다.

　미지근한 폭풍이 일었다. 비는 가끔, 그것도 아주 조금씩 내렸다. 하지만 공기는 습하고 답답한 데다, 썩은 냄새로 가득 찼다. 펄럭거리는 소리, 찰싹이는 소리 그리고 쏴 하는 소리가 청각을 에워쌌다. 화장을 하고 신열이 있는 사내에게, 이런 날씨는 사악한 바람의 신들이 공중에서 이리저리 날아다니는 듯 여겨졌다. 적의에 찬 바닷새들이 심판받은 사내의 식사를 마구 파헤쳐서 물어뜯고는, 그 위에 똥오줌을 휘갈기며 더럽히는 것 같았다. 찌는 듯한 무더위가 식욕을 해치고, 음식마저 감염되었을지도 모른다는 생각이 문득 떠오르자 아셴바흐는 공포에 질렸다.

그러던 어느 날 오후, 아셴바흐는 아름다운 소년의 뒤를 밟다가 병든 도시의 어지러운 골목 속으로 빠져들었다. 이 미궁 같은 골목들, 운하, 다리, 작은 광장 따위가 모조리 비슷했으므로, 그는 방향 감각을 잃어버린 채 더 이상 동서남북조차 확실히 가늠하지 못했다. 그가 오로지 염두에 두었던 것은, 스스로가 동경하며 뒤따라온 미소년을 시야에서 놓치지 않으려는 생각뿐이었다. 수치심 탓에 조심해야 했으므로 벽에 바짝 붙기도 하고, 지나가는 사람들의 등 뒤에 숨기도 했다. 그래서 이미 피로감과 계속된 긴장감이 그의 신체와 정신을 짓누르고 있었음에도, 그는 자기가 지칠 대로 지쳐서 몹시 피곤한 상태임을 한참 동안 의식하지 못했다. 타치오는 가족들 뒤에서 걸어가고 있었다. 그 아이는 좁은 골목에서, 여느 때와 마찬가지로 가정 교사와 수녀 같은 누나들을 앞세우고 뒤따라가고 있었다. 혼자 뒤처진 채 천천히 걸으면서, 그 아이는 이따금 고개를 돌렸다. 그리고 자기 어깨 너머로 사랑에 빠진 남자가 뒤따라오는지 확인하고자 연한 회색빛의 독특한 눈동자로 쳐다보곤 했다. 소년은 그를 보았지만, 그의 존재에 대해 아무에게도 말하지 않았다. 그 사실을 깨닫자 아셴바흐는 황홀해졌고, 소년의 눈길에 더욱 이끌려 갔다. 사랑의 열정에 우롱당한 남자는 가당치도 않은 희망을 품은 채 몰래 뒤쫓았던 것이다. 그런데 끝내는 희망을 놓치고 말았다. 폴란드인 가족은 짤막한 아치형 다리를 건너갔는데, 마침 그 높은 아치가 그들을 가려 버렸다. 그래서 남자는 그들을 제대로 보지 못했다. 그는 서둘러 다리로 올라가 보았으나 그들을 찾을 수 없었다. 그는 세 방향을, 먼저 바로 앞쪽과 좁고 지저분한 선창가로 이어진 양쪽 길을 살펴보았다. 하지만 아무 소용도 없었다. 마침내 그는 기진맥진해서 쓰러질 것 같았고, 그들을 찾는 일 역시 그만둘 수밖에 없었다.

그의 머리는 화끈거리고, 몸은 끈적끈적한 땀으로 뒤범벅되었으며, 목덜미는 덜덜 떨렸다. 더 이상 참을 수 없는 갈증이 그를 괴롭혔다. 그는 어떻게 해서든 잠시나마 기운을 차려 보고자 주위를 둘러보았다. 그는 조그마한 채소 가게에서 과일을 좀 샀다. 너무 익어서 무른 딸기를 걸으면서 먹었다. 쓸쓸하고 마법에 걸린 듯한 작은 광장이 그의 앞에 나타났다. 아셴바흐는 그 광장을 알고 있었다. 몇 주 전에, 비록 수포로 돌아갔지만 베네치아를 떠나겠노라 결심했던 곳이었다. 그는 광장의 한가운데에 있는 석조 물탱크의 계단 위에 털썩 주저앉아서 머리를 둥근 돌에 기댔다. 주위는 고요했다. 풀이 포석 사이에서 자라나고, 쓰레기들은 여기저기 널려 있었다. 비바람에 상하고 높이가 고르지 못한 주변 집들 가운데서, 고딕식의 아치형 창문을 가진 궁전 같은 건물이 하나 보였다. 거기에는 아무도 살고 있지 않았고, 사자 장식물이 놓인 조그마한 발코니가 있었다. 또 다른 건물의 1층에는 약국이 있었다. 갑작스럽게 불어오는 열풍이 이따금씩 페놀 냄새를 풍겼다.

그가 거기에 앉아 있었다. 세상의 인정을 받은 대가이자 품위 있는 예술가, 「가련한 사람」의 저자, 너무나 모범적이고 순수한 형식으로 보헤미안 기질과 우울의 심연을 거부했으며 타락한 자에게 감정 이입을 않고 사악한 것을 떨쳐 버린 작가, 신분 상승을 이룬 남자, 지식과 온갖 아이러니를 정복하고 성장해서 대중의 신뢰에 걸맞은 책임을 지는 데에 익숙했던 사람——그는 공식적으로 명예를 얻었고 귀족의 칭호를 부여받았으며, 아이들은 그의 문체를 모범으로 삼아 교육받고 있었다. 그런 그가 거기에 앉아 있었던 것이다. 그의 눈꺼풀은 감겨 있었다. 종종 자조적이고 당황한 듯한 눈빛이 그의 눈꺼풀 아래에서 슬쩍 새어 나왔다가 재빨리 다시 숨어 버렸다. 화장을 해서 더욱 두드러져 보이는 축 처진 입술은, 반쯤 잠에 빠진 그의 머리가 기이한 꿈의 논리에 의거해서 표현하고자 하는 바를 몇 마디 말로 만들어 내고자 애쓰고 있었다.

"그 이유는, 파이드로스여, 잘 명심해라, 아름다움만이 신적인 동시에 눈에 보이는 것이기 때문이다. 그러니까 아름다움은 감각의 길이고, 어린 파이드로스여, 예술가가 정신에 이르는 길이란다. 그렇지만, 귀여운 아이여, 이제 너는, 정신적인 것에 이르고자 감각의 길을 통과해 온 사람 역시 언젠가 지혜와 진정한 품위를 얻을 수 있으리라고 생각하느냐? 아니면, 너는 이것을 오히려 —— 결정은 네게 맡기마. —— 위험스러울 만큼 쾌락적인 길, 즉 필연적으로 타락에 이르게 하는 완전히 잘못된 길, 죄악의 길이라고 생각하느냐? 이렇게 묻는 까닭은 네가 꼭 알아 둬야 할 것이 있기 때문이다. 우리 시인들은 에로스가 안내자로 나서 주지 않는 한, 아름다움의 길에 이를 수 없다는 사실 말이다. 정말 우리도 나름대로 영웅이고, 규율을 가진 전사(戰士)일 수 있어. 그렇지만 우리에게는 여자들과 비슷한 면이 있단다. 이를테면 열정이 곧 우리의 정신을 고양해 주며, 또 동경은 반드시 사랑에 머물러 있어야 하기 때문이야. 그것은 우리에게 즐거움인 동시에 치욕이지. 아마도 너는 이제야 우리 시인들이 어리석을 수도, 품위 없을 수도 있다는 사실을 깨달았겠지? 우리가 필연적으로 잘못된 길에 빠져들고, 방종해지고, 감정의 모험에 휘말린다는 사실을 알았니? 우리가 구사하는 문체에서 엿보이는 거장다운 태도는 모두 허위이고 어릿광대짓일 뿐이야. 우리의 명성과 영예로운 지위는 일종의 익살극이고, 대중의 신뢰는 지극히 우스꽝스러운 촌극이며, 예술로써 국민과 젊은이들을 교육하겠다는 바람은 무모한 짓이고 금지해야 할 계획이야. 왜냐하면 예술가는 천성적으로 타락의 심연에 빠져들기 쉽고, 그런 경향을 달리 어떻게 개선해 볼 여지조차 없지. 그런 사람이 교육자라고? 어쩌면 우리는 타락의 심연을 거부하고 품위를 얻고 싶어 할지도 몰라. 그러나 우리가 어디로 가든 타락의 심연은 우리를 유혹하지. 그래서 우리는 지식을 거부하지. 왜냐하면, 파이드로스, 지식은 결코 품위도 엄격함도 아니기 때문이란다. 그것은 뭔가를 알고 이해하며 용서할 수 있을 뿐, 정신적 태도나 형식은 아니란다. 지식은 타락의 심연에 공감하므로 지식 자체가 타락의 심연인 셈이지. 따라서 우리는 지식을 단연코 거부해야 한다. 이제부터 우리는 아름다움에만을 경주해야 해. 말하자면 단순성과 위대성, 그리고 새로운 엄격성과 제2의 자유와 형식을 존중해야 한다는 뜻이지. 그러나 파이드로스, 형식과 자유는 도취와 탐욕으로 치닫게 하고, 고귀한 사람을 무시무시한 감정적 방종에 빠뜨린단다. 고귀한 사람의 아름다운 엄격성이 그러한 방종을 불명예스럽게 여기며 배척하는데도, 형식과 자유는 끝내 고귀한 사람을 파멸로 이끌지. 결국 그것들이 우리 시인들을 이끌어 간다는 말이다. 왜냐하면 우리 시인은 스스로를 구원할 수 없고 단지 방종하게 살아갈 수 있기 때문이란다. 이제 나는 가겠다. 파이드로스, 너는 여기에 그대로 머물러 있거라. 그러다 내가 더 이상 보이지 않게 되거든, 비로소 너도 그때 떠나거라."

며칠 뒤에 구스타프 폰 아셴바흐는 몸이 불편했으므로 평소보다 좀 늦은 아침에 해수욕장 호텔을 나섰다. 그는 어떤 현기증, 확실히 육체적이지만은 않은 현기증에 맞서 싸워야 했다. 그 현기증과 함께 급작스러운 불안감이 급격히 치솟아 올랐고, 외부적인지 아니면 내면적 문제인지 분명하지 않은, 탈출구도 없고 전망도 없는 막다른 기분을 느꼈다. 그는 호텔 현관에서 운송하기 위해 늘어놓아 둔 엄청난 분량의 짐들을 보았다. 그래서 수위에게 누가 여행을 떠나느냐고 물어보았더니, 바로 폴란드 귀족의 이름을 듣게 되었다. 그것은 그가 이미 남몰래 짐작하고, 또 각오하고 있었던 이름이었다. 그는 수척한 얼굴을 유지한 채 그 이름을 들어 넘기면서 굳이 알 필요 없지만 그저 지나가는 길에 물어봤다는 식으로 잠깐 고개를 쳐들었다. 그러고는 한마디 더 덧붙였다. "언제 떠나지요?" 그러자 수위가 대답했다. ──"점심 식사 후에요." 그는 고개를 끄덕이고 바다로 나갔다.

바다는 쓸쓸했다. 해안에서 가장 가까이 뻗은 모래톱과 해안선을 가르는 널따랗고 얕은 바닷물 위로 잔물결이 일더니 앞에서부터 뒤쪽으로 밀려 나가고 있었다. 한때는 그토록 다채롭게 생기 넘쳤으나 이젠 거의 황량해진 휴양지에는 가을의 기운이, 잔존하는 쇠락의 기미가 감돌고 있었다. 그곳 모래는 이제 더 이상 깨끗하게 관리되지 않았다. 언뜻 보기에 주인 없는 듯한 사진기가 삼각대 위에 놓인 채 물가에 세워져 있었다. 그 위를 덮은 검은 천이 제법 서늘해진 바람에 펄럭이며 휘날리고 있었다.

타치오는 아직까지 남아 있는 서너 명의 친구들과 함께, 자기네 오두막 앞쪽 오른편에서 놀고 있었다. 아셴바흐는 해변 오두막들이 죽 늘어선 지역과 바다의 중간쯤 되는 위치에 접이식 의자를 놓아두고 무릎 위에 담요를 덮은 채 가만히 앉아서 다시 한 번 그 소년을 지켜보고 있었다. 여자들이 떠날 채비를 서두르느라 눈여겨보지 않게 되자 놀이는 무질서해지고 엉망이 되어 가는 듯했다. 벨트로 여미는 정장을 입은, 포마드를 바른 새까만 머리의 '야슈'라는 당찬 소년은 자기 얼굴에 모래를 뿌린 데 흥분해서 타치오에게 씨름을 하자고 강요했다. 겨루기는 연약한 미소년이 쓰러지면서 금방 끝났다. 마치 못난 소년의 헌신적 감정이 작별의 순간에 잔인한 야비함으로 돌변해서 그동안의 예속 관계를 복수하려는 듯, 야슈는 승리하고도 아직 밑에 깔린 미소년을 놓아주지 않은 채 무릎으로 등을 찍어 누르고, 얼굴까지 모래 속에 처박아 대고 있었다. 안 그래도 씨름 탓에 숨이 차 있던 타치오는 질식해서 죽기 직전이었다. 위에서 내리누르는 소년을 떨쳐 버리려고 필사적으로 꿈틀거리며 애쓰던 타치오는 별안간 움직임을 멈추었다. 그러다가 이제는 단지 경련을 일으키듯 간헐적으로 움찔거릴 뿐이었다. 아셴바흐는 경악한 나머지 몸소 구출하려고 벌떡 일어났다. 그 순간, 난폭한 소년이 아름다운 희생자를 풀어 주었다. 몹시 창백해진 타치오는 반쯤 몸을 일으킨 채 한쪽 팔로 땅을 짚고, 헝클어진 머리에 어둡게 그늘진 눈빛으

로 몇 분 동안 꼼짝도 않고 가만히 앉아 있었다. 이윽고 그는
완전히 일어나서 천천히 그곳을 떠나갔다. 처음에는 유쾌한
목소리가, 나중에는 불안해하며 애원하는 듯한 목소리가 그
를 부르고 있었다. 그는 못 들은 척했다. 까만 머리카락의 소
년은 자신의 지나친 장난에 금세 후회했는지, 타치오를 뒤따
라가서 그와 화해하고자 시도했다. 타치오는 어깻짓으로 그
를 뿌리쳐 버렸다. 미소년은 비스듬히 아래쪽으로 내려가더
니 물가로 걸어갔다. 그 아이는 맨발이었고, 빨간 리본이 달린
줄무늬 아마직 정장을 입고 있었다.

타치오는 물가에 잠시 머무르면서 고개를 숙인 채 발끝으
로 젖은 모래에다가 어떤 형상들을 그리고 있었다. 그러고는
가장 깊어 봐야 고작 무릎 높이의 얕은 바닷물 속으로 걸어 들
어갔다. 아주 천천히 앞으로 나아가면서 그는 얕은 바다를 가
로질러 모래톱에 이르렀다. 그리고 거기서 잠시 가만히 서 있
더니, 마침내 광활한 바다를 향해 얼굴을 돌렸다. 바로 그 지
점에서 좁고 기다랗게 뻗은 모래톱의 왼편으로 천천히 걷기
시작했다. 그 아이는, 널따랗고 평평한 바닷물로 분리된 육지
를, 오만한 기분 탓에 친구들로부터 떨어져서, 혼자 거닐고 있
었다. 몹시 고독하고 속세에서 초탈한 듯한 모습이었다. 그는
머리카락을 휘날리며 저 바깥쪽 바닷속을, 바람의 품속을 걷
고 있었다. 그의 앞으로는 무한히 안개 낀 바다가 펼쳐져 있었
다. 그는 또다시 전망을 살펴보려고 멈춰 섰다. 그러다가 돌연
무슨 생각이라도 떠오른 양, 혹은 무슨 자극이라도 받은 듯 그
는 허리에 손을 짚고는 원래 자세로부터 상체를 우아하게 회
전하면서 몸을 돌렸다. 그렇게 어깨 너머로 해변 쪽을 바라보
았다. 거기에는 소년을 지켜보던 그 남자가 언제나처럼 앉아

있었다. 그 남자는 자신의 흐릿한 시선이 경계를 넘어서 소년의 시선과 처음 마주쳤을 때와 같이 그대로 앉아 있었다. 그는 의자 등받이에 고개를 기댄 채, 저 멀리에서 걸어 다니는 소년의 움직임을 천천히 좇고 있었다. 이제 그가 고개를 들었다. 말하자면 그는 소년의 시선을 맞이하고자 고개를 든 것 같았다. 그런데 그 고개가 가슴 위로 툭 떨어지면서 아래쪽으로 곤두박질쳤다. 그의 얼굴에서 긴장이 풀리고, 마치 깊은 잠 속에 침잠한 듯한 표정이 번졌다. 그러나 그에게는 저 창백하고 사랑스러운 '영혼의 인도자'[18]가, 저기 먼바다 바깥에서 그에게 미소 지으며 눈짓을 보내는 양 느껴졌다. 마치 그 소년은 허리에서 손을 떼어 바깥 바다를 향해 손짓해 보이며, 그 광막한 약속[19]의 저편으로 앞서 둥실둥실 떠가는[20] 것 같았다. 그래서 그는 지금껏 자주 그래 왔듯이 소년을 따라가고자 일어섰다.

몇 분이 흘렀다. 그제야 사람들이 의자에 앉은 채 옆으로 쓰러진 그 남자를 구하고자 급히 달려왔다. 그는 자기 방으로 옮겨졌다. 그리고 바로 그날, 하루가 채 저물기도 전에 세상 사람들은 존경하는 시인의 죽음을 전해 듣고 충격을 금하지 못하였다.

18   명부로 영혼을 인도하는 헤르메스를 가리킨다.
19   '광막한 약속' 혹은 '난폭한 약속'이라는 표현 속에 에로틱한 암시가 깃들어 있다.
20   여기서 토마스 만은 헤르메스가 망자의 영혼을 명부로 안내할 때 먼저 걸어가지 않고 앞서 둥둥 떠간다고 상상한 것 같은데, 괴테의 『파우스트』(9220행 이하 참조)에서도 이와 같은 발상이 나온다.

작품 해설

베네치아에서 그려 낸
어느 작가의 파멸과 한 시대의 종말

토마스 만(Thomas Mann, 1875~1955)은 시와 희곡 중심의 독일 문학적 풍토에서 빈약한 독일 산문 문학의 유산을 물려받았을 뿐이지만 그 보잘것없는 터전에서 독일 소설을 일약 세계 문학의 반열까지 끌어올렸으며, 그 자신도 20세기 전반기 세계 소설 문학의 최고봉에 올랐다.

그의 첫 장편 소설 『부덴브로크 가의 사람들(Budden-brooks)』(1901)은 그를 단번에 범유럽적 소설가로 만들었고, 그의 자전적 중편 소설 「토니오 크뢰거(Tonio Kröger)」(1903)는 전 세계 많은 독자들에게 지속적으로 사랑받는 예술가 소설로 평가받고 있으며, 장편 소설 『마의 산(Der Zauberberg)』(1924)은 그의 대표작으로서 인간의 삶과 죽음을 다룬 교양 소설일 뿐만 아니라, 20세기 초반의 유럽 사회, 즉 거대한 전환기인 1차 세계 대전 전후(前後)의 유럽 사회와 그 문제점을 지적한 시대 소설이기도 하다. 또한 그의 만년의 대작 『요셉과 그의 형제들(Joseph und seine Brüder)』(1943)은 구약 성경의 창세기를 기초로 해서 인간 세상의 유전(流轉)을 세밀하게 풀어낸, 유머러스한 소설이며, 미국 망명 중에 쓴 암울한 장편 『파우스트 박사(Dokror Faustus)』(1947)는 씻지 못할 죄를 짓고 참회하는 한 독일인 음악가의 일생을 다룸으로써 나치스의 범죄를 용납, 묵과한 독일인에 대한 세계인의 용서와 은총을 구하는, 산문으로 써 내려간 20세기의 『파우스트』다.

여기서 단행본으로 옮긴 『베네치아에서 죽다(Der Tod in Venedig)』(1912)는 토마스 만의 가장 성공한 단편 소설로 꼽히는데, 그 까닭은 형식과 내용 면에서 가히 단편 소설이 제시할 수 있는 최고의 완결성을 보여 주고 있기 때문이다.

우선, 이 작품의 대강의 형식과 내용을 살펴보자면 전체 다섯 개의 장으로 구성되어 있다.

1장은 오전 세 시간 동안 온 정신을 집중해서 까다로운 창작 작업에 몰두해 있던 뮌헨의 저명한 작가 아셴바흐가 스스로 기력의 한계에 부딪쳤음을 실감하고 산책을 나왔다가 공동묘지 근처에 있는 비잔틴 양식의 어느 건물 앞에 홀로 서 있는 한 사나이를 목격하는 장면이다. 그의 용모나 차림새, 그리고 아셴바흐를 집요하게 바라보는 양보 없는 시선 탓에 아셴바흐는 그만 기가 꺾이고 그로부터 고개를 돌리고 만다. 아셴바흐가 나중에 생각해 보니, 그 사내는 나그네의 신이며 영혼을 명부(冥府)로 안내하는 신, 바로 헤르메스의 모습이었다. 아마도 그가 아셴바흐에게 여행에의 충동을 불러일으킨 듯했다. 지금까지 심신을 과도하게 혹사하며 자신의 임무를 다해 온 이 작가는 이제 일과 책임감과 근면성에 갇힌 스스로의 답답한 일상으로부터 '탈출하고자 하는 충동'을 느낀 것이었다.

2장에서는 아셴바흐라는 작가의 내면세계를 보여 준다. 그는 언제나 '다섯 손가락을 오므려 단단히 주먹을 쥐고 살아

온' 작가, '몸에 칼과 창이 꽂혀 들어오는 치욕적 순간에도 이를 악물고 의연히, 그리고 조용히 서 있는' 성 세바스티아누스 같은 주인공을 즐겨 그린, 인내와 우아한 자기 통제와 극기의 작가로 묘사된다. 그러나 또한 그것은 "타고난 사기꾼의 그릇되고도 위험천만한 삶이며 급속히 신경을 소모시키는 동경이고 기만적인 예술"이기도 하다. 그래서 그는 그 시대의 "과중한 부담에 허덕이는 사람들", "초인적인 의지와 현명한 자기 관리로 적어도 얼마 동안이나마 위대한 영향력을 발휘한 모든 업적주의 도덕가들의 시인"이다. 해당 시대의 영웅들인 이 업적주의 도덕가들은 "아셴바흐의 작품 속에서 그들 자신을 재발견했고", "그에게 감사했고 그의 이름을 널리 알리게" 했다.

3장은 아셴바흐가 여행을 떠난 뒤 베네치아에 도착하는 과정을 묘사하고, 그가 베네치아 근교의 호텔에서 미소년 타치오를 포함한 폴란드인 가족을 남몰래 관찰하는 장면을 보여 준다. 아셴바흐는 석호의 썩은 냄새와 베네치아의 불결한 거리 풍경 때문에 자기 건강을 위협하는 어떤 불길한 예감을 느끼고 베네치아를 떠나야겠다고 마음먹는다. 실제로 그는 투숙 기간이 많이 남아 있는 호텔 예약을 취소하고 그동안의 숙박비를 계산한 다음, 그 이튿날 호텔을 출발해서 기차역까지 간다. 그런데 때마침 자기 짐이 엉뚱한 곳으로 부쳐졌음을 알게 되자 그는 차라리 잘됐다는 마음으로 다시 호텔로 돌아온다. 결국 그는 베네치아를 떠나지 못한 이유가 "바로 타치오 때문임을" 깨닫게 된다.

4장에서 아셴바흐는 이미 타치오의 포로가 되고, 그 미소년을 남모르게 관찰하는 것이 하나의 일과로 자리 잡는다. 한

번은 아셴바흐가 "자기 표정을 가다듬고 품위를 지킬 시간적 여유가 없는" 가운데에 그 소년이 예기치 않게 다가온다. 아셴바흐의 시선이 "소년의 시선과 마주쳤을 때 그의 시선 속에는 기쁨과 놀라움 그리고 경탄이 분명 어려 있었으리라.—그리고 그 순간 타치오가 미소 짓는, 그를 바라보고 미소 짓는 일이 일어났다."

5장에서 아셴바흐는 그나마 지켜 오던 마지막 품위를 완전히 잃어버리고, 그의 엄격한 도덕률은 오간 데 없는 가운데, 타치오에 대한 사랑에 빠져서 아무런 위엄도, 체면도 지키지 못하는 비참한 노인이 되어 버린다. 전염병이 창궐하여 거의 모든 관광객이 떠나 버린 베네치아에서 미소년을 뒤쫓다가 결국 병에 걸린 채 바다와 소년을 바라보며 비참하게 죽는다. "그리고 바로 그날, 하루가 채 저물기도 전에 세상 사람들은 존경하는 시인의 죽음을 전해 듣고 충격을 금하지 못하였다."

작품을 마무리하는 이 마지막 문장은 독자들에게 의미심장한 반어적(ironisch) 뒷맛을 남긴다. 물론 이 작품은 한 편의 예술가 소설로서, 일차적으로는 작가 스스로에 대한 자기비판이 흠뻑 스며 있다.

1911년 5월 18일, 토마스 만은 브리오니(Brioni)섬에서 휴양 중에 평소 존경해 오던 작곡가 구스타프 말러(Gustav Mahler)의 부고를 듣는다. 이 대가의 부음에 접하여 온 세계가 그에게 존경을 표하며 애도와 충격에 휩싸이는 상황을 경험한 다음, 계속 베네치아로 여행을 했다.

이 대수롭지 않은 에피소드를 계기로 토마스 만은 『베네치아에서 죽다』를 썼다. 원래 '베네치아에서의 죽음'이라고 번역했지만, 너무 정적(靜的)이므로 '베네치아에서 죽다'라고 좀 더 역동적으로 고쳐 옮겨 보았다. 아셴바흐가 뮌헨으로부터 베네치아까지 와서 치욕적 죽음을 맞이하게 되는 경위를 보다 동적으로 포착할 수 있지 않을까 해서, 제목을 조금 다르게 옮겨 본 것이다.

아무튼 이 작품은, 앞서 언급한 대로, 일찍이 대가의 명성을 얻어 50세에 귀족 칭호까지 받은 프로이센의 국민 작가 구스타프 아셴바흐가 베네치아를 여행하다가 전염병에 걸려서 죽는 과정을 다섯 개의 장으로 나누어 서술한 이야기이다. 장편 『부덴브로크 가의 사람들』과 단편집 『트리스탄』(여기에 중편 「토니오 크뢰거」도 실려 있다.)이 호평받으며 대가의 반열에 오른 작가 토마스 만의 예술가적 명성과, 그의 남다른 자의식을 전제로 할 때에만 이 작품에 나타나는 저자의 가차 없는 자기비판을 올바르게 이해할 수 있다.

토마스 만의 자전적 소설 「토니오 크뢰거」에는 다음과 같은 대목이 나온다.

"그[토니오 크뢰거]가 등단하자 관계자들 사이에서 많은 박수갈채와 큰 환성이 터져 나왔다. 왜냐하면 그가 내어놓은 것은 값지게 세공을 한 물건으로서 유머에 가득 차 있고 괴로움을 아는 작품이었기 때문이다. 그리하여 그의 이름, 한때 그의 선생님들이 꾸짖으면서 부르던 그 이름, 그가 호두나무와 분수와 바다에 부치는 자신의 첫 시 아래에다 서명했던 그 이름, 남국과 북국이 복합된 그 울림, 이국적 입김이 서린 이 시민 계급의 이름은 순식간에 탁월한 것을 지칭하는 대명사가 되었다. 왜냐하면 거기에는 그의 체험의 고통스러운 철저성에다가 끈질기게 견디면서 명예를 추구하는 희귀한 근면성이 한데 어울렸기 때문이었다. 또한 이 근면성이 꾀까다롭고 신경과민한 그의 취향과 싸우면서 격렬한 고통을 느끼는 가운데 비상한 작품을 창조해 내었기 때문이다."

주인공 토니오 크뢰거에 대한 설명은, 사실상 작가 토마스 만 자신에 대한 설명으로도 이해될 수 있으며, 더 나아가서는 『베네치아에서 죽다』의 주인공 구스타프 아셴바하에게도 동일하게 적용된다. 말하자면, 『베네치아에서 죽다』는 "고통스러운 철저성에다가 끈질기게 견디면서 명예를 추구하는 희귀한 근면성이 한데 어울"린 비상한 작품들을 창조해 냄으로써 성공한 작가가 어느 날 갑자기 '호모 에로틱(Homoerotik)'을 통해서 자신에게 찾아온 무섭고 불가해한 위기와 위험성에 굴복하여 죽어 가는 이야기이다. 여기서 토마스 만은—『비극의 탄생』에 나타난 니체의 폭로 심리학을 원용하여—명성과 품위, 국민의 도덕적 찬탄을 획득한 한 예술가의 내면적 취약점을 무자비하게 폭로하고 있는 것이다.

토니오 크뢰거가 보여 주던 작가로서의 개인적 자의식과 자긍심은, 아셴바하에 이르면 프로이센의 국민적 작가가 가지는 도덕적 대표성과 권위주의적 명예를 지니면서 그 부정적 면모가 한층 더 두드러진다. 아셴바하의 삶은 "타고난 사기꾼의 그릇되고도 위험천만한 삶"이며 그의 예술은 "급속히 신경을 소모시키는 동경이고 기만적인 예술"로까지 폄하된다.

『베네치아에서 죽다』보다 삼 년 전에 발표된 단편 「철도 사고(Eisenbahnunglück)」의 화자인 '작가'는 아직도 우아한 품위를 지키지만, 삼 년 뒤의 비슷한 주인공 '작가 아셴바하'는 눈에 띄게 많은 내적 취약점과 부정적 면모를 보인다. 그 까닭은 그의 명성의 주된 실체인 근면성과 도덕성이 일반 대중의 통념보다 훨씬 더 허약하고 불안정하기 때문이다. 명성을 얻은 작가의 불안한 내적 생활과 그것의 위태로운 붕괴 가능성은, 아셴바흐가 50세에 귀족 칭호를 받았다는 언급에서 이미 이 작품의 내재적 문제성으로 암시되고 있다. 또 베네치아라는 아름다운 도시와 전염병, 미소년 타치오에 대한 호모 에로틱 등, 이 작품의 다른 중요한 요소들 또한 벌써 작가 토마스 만에게 깊이 뿌리내리고 있던 문제였다.

작가 아셴바흐가 프로이센의 빌헬름 황제로부터 귀족 칭호를 받았다는 사실은, 물론 시민 계급 출신으로서 바이마르 궁정으로부터 귀족 칭호를 받은 바 있는 시인 괴테를 떠오르게 한다. 아닌 게 아니라 토마스 만은 1908년 무렵에 「마리엔바트에서의 괴테(Goethe in Marienbad)」라는 제목의 단편을 구상했다고 한다. 이것은 물론, 당시 명성과 존경을 한 몸에 받고 있던 74세의 늙은 괴테가 마리엔바트에서 방년 19세의 여성, 울리케 레베초(Ulrike Levetzow)에게—카를 아우구스트 공(公)을 통해—간접적으로 청혼했다가 거절당함으로써 늘 그만의 품위에 상처를 입고 적잖은 치욕을 겪었던 사건을 토마스 만이 스스로의 상황과 동일시하며 작품화하고 싶어 했던 것으로 추측된다. 즉 프로이센으로부터 귀족 칭호까지 받은 작가 아셴바흐의 도덕적 엄격성과 품위가 미소년 타치오에 대한 호모 에로틱으로 인해서 무너져 가는 설정은 『베네치아에서 죽다』의 주제와도 직결된다고 하겠다.

하지만 『베네치아에서 죽다』라는 작품에서 중요한 점은, 작가 토마스 만의 예술가로서의 자기 폭로 및 자기비판이라는 측면 이외에도, 빌헬름 시대 독일의 청교도적 군인 정신 및 프로이센적 도덕주의가 배태한 시대적 위험성까지 간취, 혹은 비판하고 있지 않나 하는 부분이다.

하기야 그 당시까지 여전히 '비정치적', 보수적 작가에 속했던 토마스 만에게 이러한 비판 의식이 본격적으로 등장하려면 1922년, 아직 십여 년의 세월을 기다려야 하리라. 그러나 1차 세계 대전 직전 독일 사회의 보수적 분위기와 경직된 도덕률에 대한 일말의 비판 의식이 이 작품에서 이미 엿보이고 있음은 틀림없는 사실이다. 모든 문학 작품은 작가가 의식적으로 의도하지는 않았더라도, 그것을 생겨나게 한 시대의 경향을 필연적으로 반영하기 때문이다. 이를테면, 장편 『부덴브로크 가의 사람들』에서 작가 토마스 만이, 루카치의 말대로 서구 자본주의의 몰락을 그려 내고자 의도하지 않았더라도, 그 이야기는 이미 필연적으로 자본주의의 몰락이라는 시대적 경향을 내포, 예고했다. 이 작품의 2장에서, 아셴바흐는 그 시대의 "과중한 부담에 허덕이는 사람들", "초인적인 의지와 현명한 자기 관리로 적어도 얼마 동안이나마 위대한 영향력을 발휘한 모든 업적주의 도덕가들"의 시인이며, 그 시대의 영웅들인 이 업적주의 도덕가들은 "아셴바흐의 작품 속에서 그들 자신을 재발견했고", "그에게 감사했고 그의 이름을 널리 알리게 되었다."라고 언급되는데, 이것이야말로 아셴바흐를 통해서 1차 세계 대전 직전의 빌헬름 시대에 대한 작가 토마스 만의 은밀한 비판으로 읽힐 수 있는 대목이다.

예술가 비판을 통해서 사회 비판까지 아우르는 토마스 만의 작가적 기법 내지 경향은 훗날 「마리오와 마술사(Mario und der Zauberer)」(1930)와 『파우스트 박사』 등에서 본격적으로 드러날 테지만, 여기서는 그저 이 정도만 암시해 두기로 하겠다.

참고로 이 번역본은 프랑크푸르트판「토마스 만 선집 (Thomas Mann: Gesammelte Werke in 13 Bänden, Frankfurt am Main 1974)」의 8권에 수록되어 있는 작품을 저본으로 삼았음을 밝혀 둔다.

여기에 아울러 밝혀 두고 싶은 사실이 한 가지 더 있다. 원래 이 번역물은, 민음사의 세계문학전집의 8권인『토마스 만 단편선: 토니오 크뢰거, 트리스탄, 베니스에서의 죽음』에 실린 옮긴이 박동자의 것이다. 당시 나는 무슨 중요한 일 때문에 독일로 가야 하는 판국이었는데, 마침 토마스 만의 단편들 중 몇몇 수작들을 번역해서 '토마스 만 단편선'으로 묶어 달라는 민음사의 청탁을 받은 터였다. 독일에서의 중요한 임무가 따로 있었지만, 토마스 만의 우수한 단편들을 번역·소개해야 한다는 당대적 요청에 부응하고 싶었던 나는 그 필요성을 절감하면서도 여러 단편들을 홀로 다 옮기기에는 시간이 부족했다. 그래서 나는 신뢰할 만한 후배들과 단편 작품들을 나누어서 번역하기로 결정했다. 물론, 나나 후배들이나 각자 자신이 맡은 작품만을 옮기고, 책이 나오면 담당 작품마다 옮긴이를 따로 밝힌다는 전제 아래서 출발했다. 나는「베니스에서의 죽음」을 당시 대학원 박사 과정에 재학 중이던 박동자 씨에게 부탁하였고, 나중에 그의 원고를 대강 점검하다가 눈에 띄는 오역들을 조금 수정해 주었던 기억이 난다. 그 후 박동자 씨는 대학원을 떠나서 어느 출판사에 다녔고, 나는 대표로 받은 민음사의 인세를 균분하여 매번 그에게 이체하였다. 그런데 어느 때부턴가 박동자 씨가 직장을 그만두면서 우리 사이에 연락이 두절되었고 이체할 계좌도 불통이 되고 말았다. 아마도 그녀는 얼마 안 되는 인세를 번번이 전달받는 일이 귀찮았거나, 한때 자신의 선생이었던 나를 더는 번거롭게 하지 않으려는 그 어떤 선의에서 대뜸 종적을 감춰 버린 듯했다. 나로서는 난처한 상황이었다. 그런데 최근에 민음사에서 이 작품을 새로 내고자 내게 문의해 왔다. 나는 한동안 잊었던 그 난처한 상황을 다시 겪게 되었다. 옮긴이를 박동자로 해서 새 책을 내는 것이 과연 그녀가 원하는 바일까 하는 의문 때문에 잠시 망설이기도 했지만, 오랜 생각 끝에 나는 박동자라는 번역자가— 비록 지금은 독문학계를 떠났다고 하더라도—이 작품을 옮겼다는 사실만큼은 기록으로 남기는 편이 옳겠다고 판단했다. 그래서 독자를 위해서도, 옛 제자를 위해서도, 원고를 한 번 더 찬찬히 살피고 눈에 띄는 대로 가벼운 수정을 가했으며, 작품의 제목도 조금 현대적으로 바꾸고, 이렇게 따로 해설도 써 붙였다. 나는 지금도 박동자 씨가 어디선가 불쑥 나타나 준다면 정말 반갑고 기쁘겠다. 그리하여 살 날이 얼마 남지 않은 이 노인한테서 부디 이 책의 주인 노릇도 회수해 가기를 바란다.

안삼환

| 옮긴이 | 서울대학교 독문과 박사 과정을 수료했다. |
| 박동자 | |

해설	서울대학교 독어독문학과와 같은 학교 대학원을 졸업하고 독일
안삼환	본 대학교에서 문학 박사 학위를 받았다. 연세대학교 교수와 한
	국괴테학회 회장, 한국독어독문학회 회장, 한국비교문학회 회장
	을 역임하였으며, 현재 서울대학교 독어독문학과 명예 교수다.
	저서로 「한국 교양인을 위한 새 독일 문학사」, 「괴테, 토마스 만
	그리고 이청준」이 있으며, 옮긴 책으로는 「텔크테에서의 만남」,
	「빌헬름 마이스터의 수업 시대」, 「괴테 전집 14: 문학론」, 「토니
	오 크뢰거」 등이 있다.

| 베네치아에서 | 1판 1쇄 찍음 2023년 4월 28일 |
| 죽다 | 1판 1쇄 펴냄 2023년 5월 5일 |

	지은이 토마스 만
	옮긴이 박동자
	발행인 박근섭, 박상준
	펴낸곳 (주)민음사

출판등록 1966. 5. 19. 제16-490호
서울시 강남구 도산대로 1길 62(신사동)
강남출판문화센터 5층 135-887
대표전화 515-2000 팩시밀리 515-2007
www.minumsa.com

© 박동자, 2023. Printed in Seoul, Korea

ISBN 978 89 374 2988 0 04800
ISBN 978 89 374 2900 2 (세트)